-格致文库-
留给未来中国的好笔墨

古已有之

李玉 著

山西出版传媒集团　北岳文艺出版社

·太原·

图书在版编目（CIP）数据

古已有之 / 李玉著. —太原：北岳文艺出版社，2019.7
ISBN 978-7-5378-5939-4

Ⅰ.①古… Ⅱ.①李… Ⅲ.①散文集－中国－当代 Ⅳ.①I267

中国版本图书馆CIP数据核字（2019）第130853号

书　　名	古已有之
著　　者	李　玉
责任编辑	关志英
装帧设计	张永文
出版发行	山西出版传媒集团·北岳文艺出版社
地　　址	山西省太原市并州南路57号
邮　　编	030012
电　　话	0351-5628696（发行部）
	0351-5628688（总编室）
传　　真	0351-5628680
网　　址	http://www.bywy.com
E－mail	bywycbs@163.com
经 销 商	新华书店
印刷装订	山西人民印刷有限责任公司
开　　本	787mm×1092mm　1/32
字　　数	144千字
印　　张	7
版　　次	2019年7月第1版
印　　次	2020年7月山西第1次印刷
书　　号	ISBN 978-7-5378-5939-4
定　　价	38.00元

目录

001 臊　敬
要想生活过得去

004 赏　月
每个人看到的月亮都是不一样的

007 名　菜
想不朽，弄道菜试试

010 清　明
这一天，宅男们也该放放风

013 配　享
冷猪肉也不是那么容易吃

016 斗　神
不怕神的人你伤不起啊

019　　国　畜

动物爱国主义

022　　体　面

贵族就是任何时候面子都不能丢

025　　节　礼

任你怎么说,还是个私的

028　　目　力

不明大势,眼睛再好也枉然

031　　润　笔

古人的稿费那叫个多

034　　恶　搞

最恶搞的恶搞是都不认为自己在恶搞

037　　风　水

山川若能语,葬师食无所

040　　谣　谶

论谣言是如何变成现实的

043　　奴　才

想做奴才就能做奴才吗

046　　炫　才

乾隆爷一拽文,大家都服了

049　　避　讳

不可说可不可说,非常不可说

052　　酒　量

　　　唯酒无量，不及于乱

055　　超　标

　　　和轿子的斗争，人性胜了

058　　圣　诞

　　　过中国特色的圣诞节

061　　正　朔

　　　哪天过年，也是大是大非

064　　媚　灶

　　　灶王爷怎么会是蟑螂呢

067　　捉　刀

　　　给人代笔，最好默默无闻

070　　造　像

　　　个人崇拜的最高规格

073　　辩　驳

　　　雄辩和诡辩一般，都和事实无关

076　　獭　怪

　　　猥琐的是人不是妖

080　　见　识

　　　聪明的人，在什么时候都聪明

083　　文　身

　　　有刺青的一定是坏人吗

088　六　如
　　别人笑我太疯癫，我笑他人看不穿

091　聪　明
　　魏征到底没有聪明到底

094　B　面
　　光辉人物的不光辉事迹

096　游　戏
　　有谁和你做过这样情意绵绵的游戏吗

100　情　禅
　　怎当他临去秋波那一转

103　诱　僧
　　那些个勾引和尚的公案

106　方　相
　　浓眉大眼的家伙也会背叛革命

109　艳　福
　　天上掉下个林妹妹

112　雅　集
　　大宋最后的闲适岁月

115　夜　宴
　　越堕落，越悲伤

118　绯　闻
　　是男人都会犯的错

121 手 足
皇帝和他的兄弟们

125 知 音
千古才帝和千古才相的悲剧

128 夷 齐
一个幌子用了千年

131 秋 娘
从名妓到皇妃

134 游 春
长安水边丽人行

137 文 姬
一个女人的哭号

140 爱 鹅
王羲之爱鹅的腹黑解释

143 谏 诤
听不听劝,不在方法

146 道 林
是和尚,更是名士

149 名 士
竹林七贤之死

152 春 信
没有谁是不老的

154	醉　眠	
	他醉了，我们继续	
157	授　经	
	一个王朝和一个家族的故事	
160	方　士	
	大唐帝国隐忧初现	
163	使　者	
	连李世民都赞叹的人才	
166	洛　神	
	一个甄妃毁三观	
169	隐　士	
	在人间不在世间	
172	编个绯闻闹革命	
	——晋省辛亥琐事一	
175	忠臣孝子不好当	
	——晋省辛亥琐事二	
178	巡抚之死的罗生门	
	——晋省辛亥琐事三	
181	革命的手段是搞腐败	
	——晋省辛亥琐事四	
184	我的选票是手枪	
	——晋省辛亥琐事五	

187　他本将心向明月
　　——晋省辛亥琐事六

190　主角儿的身份，打酱油的命
　　——晋省辛亥琐事七

194　革命的会党和会党的革命
　　——晋省辛亥琐事八

197　刺杀大帅吴禄贞
　　——晋省辛亥琐事九

200　辫子粗又长
　　——晋省辛亥琐事十

203　靠山靠山，靠上冰山
　　——晋省辛亥琐事十一

206　看我左右逢源
　　——晋省辛亥琐事十二

209　故事结束，然后呢？
　　——晋省辛亥琐事十三

臊　敬
要想生活过得去

中国古代官场，应酬往来之间，向有三节两敬之说，三节为春节、端午和中秋之节敬，两敬是指夏日冰敬和冬天炭敬。这已经是大家熟知的传统常识，但不知道诸君可听过"臊敬"一说？

这不是我自己杜撰，乃是古时一位狐仙的发明。

狐在中国传统文化里，是有灵性的动物，据说修行五十年，就可幻化为人形，日久天长，更加了不得了，游戏红尘，魅惑人心。做事亦正亦邪，人们对它也是亦爱亦恨。乡野民间一直就有供奉狐仙的传统。唐朝时的《朝野佥载》里面就说："百姓多事狐神，房中祭祀以乞恩，食饮与人同之，事者非一主。时有谚曰：无狐魅，不成村。"到了清朝，狐在以《聊斋志异》《阅微草堂笔记》为代表的笔记小说中更是大量出现，有的机巧诡诈，有的聪慧可爱，有的善良，还有的专门以捉弄人为乐。

另外，与我们一提"狐狸精"就想到漂亮女人不同，其实狐仙也是有男有女，虽然同样喜欢迷惑人。

清人李庆辰的《醉茶志怪》是受《聊斋志异》影响而成的笔

记小说，里面就说到一位男狐仙。

说有个直隶县尹姓余，人品非常不堪，粗鄙恶劣，贪吝卑污。人们说，他有一次去拜谒孔庙，正要行礼，看见不远处地上掉了一文钱，便马上啥也顾不上了，急忙蹿上去捡起来藏到耳朵后，在圣人跟前大丢其脸——讽刺的是，这人居然还改任了县里面的教职——推想应该是教谕训导之类——负责在一县之内宣扬圣人的教化。也不知道孔圣人见了他会怎么想。

不过，这样的人居然有个漂亮的老婆。可惜的是，就被狐仙看上了，然后自然被狐仙迷了。勾引人家老婆，看人家丈夫也不会顺眼，这位余教谕就常被狐仙欺负。久了自然受不了，就想去求天师符收狐仙。

狐仙就对余教谕的老婆说，你丈夫喜欢钱，我每天给他钱，他就别闹腾了。第二天，余教谕就在座位底下发现了三百钱。他倒也看得开，从此对此事不闻不问，光数钱玩了。时下有句话正应景：要想生活过得去，头上难免沾点绿。

一年后，也许是狐仙腻了，也许是人家有别的事，就要走了。好玩的事情来了，余教谕倒不干了，对他老婆说，这位大仙，是你的面首，可也是我的心腹（丢钱心疼嘛），你还是求求他让他别走了。我自己是"但愿常醉不愿醒"的。

狐仙说，走是一定要走啦，你丈夫想啥我也知道，我给他留些钱，报答他这一年来的成全礼让之心算了。

第二天，余教谕又在座位底下拿到了一包银子——用绿布包裹的哈——上面贴一张红纸，写两字：臊敬。

故事中没有说到余教谕看到这俩字的表情，可"臊敬"二字，真是深得《诗经》"谑而不虐"的真意，似乎比余某人更适合担当"教谕"。

时过境迁，"臊敬"这种大有古风的说法不再提了，但并不是说这种做法就没有了，比如那谁，那谁谁……不提了，不提了，臊得慌。

赏 月

每个人看到的月亮都是不一样的

　　明天晚上的月亮，报章上说是"二十年来最大的月亮"，算是一个小小的天文奇观。想来若是天朗风清，许多人不免伸长脖子使劲儿往天上瞪去，瞧瞧到底比往日大了多少。煞风景的是，天文学家说了，大是大了些，到底大多少，凭肉眼却看不出来。

　　说起来，还是古人有眼福。二十年才会大一点儿，古人自然也看不出来，但比这更奇怪的，他们见过不少。比如周朝周昭王时，天上一下出来九个月亮。要不是在晚上碍不着农耕，反而能少点两盏灯，说不得又要劳烦后羿那样的神人射下几个来。北宋真宗天禧四年（1020）四月，许是月亮们觉得九个一起出来太惊世骇俗，就随便打发两个出来现了现眼，然而众所周知，月亮只有一个，所以这也够吓人的，史官们还是把他们记了下来。那时节的月亮确实不太守规矩，过了百来年，金朝太宗天会十一年（1133）五月间，月亮又不遵守东升西沉的轨道了，突然向南玩了个"漂移"，可能自己觉得也不对，马上又回来。就这，天上如果有交通警，少不得给他贴张单子。

除了这些，月亮啥颜色古人也很上心。明朝人认为，农历八月十五半夜，或者是下点小雨后，月亮就焕发五彩，就好像有数百道金线射出一样。也有人说，仅仅是一团红云笼罩。写下这段话的谢肇淛说他从少年到壮年，看了十几年也没看出来，也许是以讹传讹。

有看不到的，自然也有看到的。唐朝穆宗年间，也是八月十五，有人正赏月，看到月光照到树林中，像一匹布一样。他就一路找过去，发现了一个金背蛤蟆。据说嫦娥奔月上了天，就变成了蛤蟆。于是，他怀疑，他碰到的，就是月中之物。美女变癞蛤蟆，古人到底不忍心，一般还认为他是月神，受封为太阴星君。既然做了官，居所也不好太寒碜。咱们虽然见不着，有道行的人却能看见。唐朝有位翟天师，有次和十来个弟子赏月，其中就有天文爱好者问，月亮中有啥啊。翟天师笑着说，来，顺着我的手指看。没本事的看不见，两个比较得意的弟子就看见月亮之上，殿阁楼宇塞得满满的。

远远地看到底不过瘾，唐朝时还有高人能把月亮摘下来细细把玩。有个姓周的高人一次待客。客人们看着皎洁的月亮挂在当中，都恨不得上去玩玩。周高人说，让你们上去我做不到，给你们拿下来玩玩倒可以。于是，搬空一间屋子，把四面墙遮盖得严严实实。然后拿来百十来根筷子，用绳子串起来，说，我这就爬梯子给你们摘去。大家就都走到外面候着。一会儿，没有一丝云彩的天空就暗了下来。又过了一会儿，周高人喊，我回来啦，一起来围观啊。大家进了屋，周高人从衣服中拿出一个直径一寸多亮闪闪的东西。一下子，屋子亮如白昼，那东西发着清冷的光，凄寒透骨。周高人说，信不信，信不信？估计是太冷，大家都说信，你赶紧还回去吧。周高人把人一赶，把门一关。众人刚出去时天色还昏暗，一会儿又是霁月当空。

值得一提的是，在古人看来，天象不仅仅是天象，与人事紧密联系。祥瑞灾异，上下嘴唇一碰，就能颠个个儿。所以上文许多事情，都出自野史笔记，正统史书罕见，天象异常，朋友三四人说说可以，宣之于众，那可大犯忌讳。偏偏日月经天，稍微有点异样，除了瞎子都看得到。月食算是常见的异象，也没人认为是什么好事。因为太阳代表皇帝，所以月亮就代表皇帝的老婆和臣子。据说逢到月食，皇帝的大老婆就要敲鼓，小老婆要击杵以禳解之。月食后，还得斋戒服素，不为游乐宴饮之事，以表达对上天给自己示警的恭敬。

但有时，见到天象异常就往自己身上拉，未免自作多情，成为俗称的老孔雀。东晋时有一年，月亮侵入了少微星座。传统上据说对隐士不利。有个名士戴逵，就觉得是针对自己，心里惴惴不安，恐怕要死了。等了好长时间，自己还是好好的，传来的消息却是另一个隐居的名士谢敷死了。人们就四处八卦，"吴中高士，求死不得"，然后哈哈哈。就如同明天大月亮要出现，我们也不用太多心，当个新奇看看就行了。若是哪位觉得这预示着自己该升官了，第二天却发现隔壁阿三发财了，那真正叫情何以堪。

名 菜
想不朽，弄道菜试试

古代有个笑话，有个读书人去了某穷乡僻壤，连个说话的人都没有。偶然听说当地某人最喜欢苏东坡，就急忙找过去了。问，东坡先生诗书画三绝，您最喜欢啥啊。这人想了半晌，说别的倒也一般，只有东坡肉是最喜欢的。

也许这读书人顿时会有知己难求的悲怆，但若是苏东坡听见，或者会引为同道。东坡肉可是苏大胡子得意的作品，有《食猪肉》诗为证："慢著火，少著水，火候足时他自美。每日起来打一碗，饱得自家君莫管。"这诗写得通俗易懂，尽管我也算远庖厨的君子，照着这几句话，也能弄出肥而不腻、细软嫩滑的红烧肉来。

所以，有些时候，我认为东坡肉的价值要远远大于东坡诗什么的，比如背上几百遍《念奴娇·赤壁怀古》，樯橹也没道理灰飞烟灭，《寒食帖》倒是很值钱，但藏在台北故宫博物院，和我一毛钱关系也没有。只有东坡肉，千年来——我坚信在下个千年也是——向上至达官贵人下至贩夫走卒散发着诱人的香味，单单因着这，苏轼先生就足以不朽了。

只是，这到底应该属于古人所说"立德、立功、立言"三不朽中的哪一项呢？放在盅里的肉再好看，也看不出高尚的情操来；虽然很好吃，可惜也不能把实现中国梦的希望寄托给它；就是等而下的"立言"，还不等它说话呢，我早就下了肚了。

当然，苏大胡子不会为此纠结的，毕竟还有诗文传世，但对于我们普通人来说，这却是应该考虑的问题——想在历史中长久地留下你的名字吗？弄道菜吧！

最典型的例子是"宋嫂鱼羹"，一道小饭店也能做出来的菜。《武林旧事》记载，宋嫂其实是东京汴梁的宋五嫂，靖康之变时南渡，定居在杭州以卖鱼羹为生。成了太上皇的宋高宗赵构有一次吃着好，还宣她觐见，赐了金银等物。这些都是小事，关键是从此，宋五嫂这个卑微的妇人，在浩瀚的历史星空中，艰难地发出自己的光亮了。简直是上天的眷顾啊，就在同一卷中，还提到了李婆婆杂菜羹、贺四酪面、脏三猪胰、戈家甜食诸般食物，这些厨师也皆是"京师旧人"（北宋首都开封，当时那儿好吃的多极了，还有曹婆婆肉饼、李四分茶、鹿家包子、张家油饼、孙好手馒头、李庆糟姜铺……），但他们却只剩下了个以自己名字命名的菜名，到底做的是什么，好吃不好吃，只好靠猜测了。但这也要比好多比他们有钱有权有地位的人幸运多了。比如，我现在问你，乾隆五十年的山西巡抚姓甚名谁，哪里人士，有何作为？你肯定答不上来，但不会认为自己学识浅薄——区区山西巡抚，好大的官吗？知道他做甚——口气似乎很大，却忘了自己现在连个县长的面也见不上。

逼得没法子了，有些大官也会弄道菜出来以求青史留名，比如，宫保鸡丁。话说这位"宫保"，就是大清朝诰授光禄大夫赠太子太保四川总督丁宝桢谥文诚丁大人了。这位是大大的名人，清朝中兴名臣之一，可现在，我只有在川菜馆子里才能想起他。据说，另一位大佬太傅东阁大学士军机大臣恪靖侯左宗棠谥文襄左大人也在争这道菜的归属权，这是非常不厚道的，你一个湖南人在川菜圈里搅和什么啊，更何况你已经有了"左宗棠鸡"。

未雨绸缪计，我建议现在大大小小的官员明星赶紧弄道菜划拨到自己名下，一来这比用自己名字给小行星命名或证出个"毕达哥拉斯定理"什么的容易多了；二来依靠现在的名望人脉，走红的可能性要大得多。举个例子，如今有道徽菜叫"胡适一品锅"，打个赌，看看五十年一百年后，是知道胡适学问好不好的人多，还是知道"胡适一品锅"好吃不好吃的人多。

清 明
这一天，宅男们也该放放风

我小时候，每到清明前，奶奶总会蒸一些制作成各种动物形状的面食，蛇、老虎、羊、狗……其中，以燕子居多，所以，吃起来虽然和馒头一样，但在那时，就叫"燕儿"——想来是因为这时燕子要飞回来了——蒸的特别大的燕子，就叫"老燕儿"，专门用来馈赠长辈——但我那时，觉得它显笨重了些，喜欢的是那些小的。奶奶会把它们用线串起来，挂在墙上，为利于存放，有时还会烤出来。那种香味，吸引得我时不时就去掰下一块塞进嘴里，然后跑开，奶奶在后面就笑骂，捣蛋鬼，操心跌倒啊……

后来长大了，进了城，清明的时候，连回乡上坟都做不到，更不用提"燕儿"了——也许还有，只是我再没见过。再后来，我竟然发现，清明蒸燕儿，实际上有非常悠久的历史。

《东京梦华录》：（寒食）前一日谓之"炊熟"，用面造枣䭅飞燕，柳条串之，插于门楣，谓之"子推燕"。

《东京梦华录》是宋朝孟元老追忆北宋年间开封府繁华景象的作品，即或这一风俗在北宋开始盛行，也已千年有余了。

渐渐远隐的清明风俗不仅是这个。清人潘荣陛所著的《京都风俗志》载："唯清明日妇女儿童有戴柳者。斯时柳芽将舒苞如桑葚。谓之'柳苟'。谚云，清明不戴柳，死在黄狗手。"

作者同时解释，那条民谚传到清朝已经不知道是什么意思了，有人说应当是"清明不戴柳，死在黄巢手"。黄巢造反，清明为期，插柳为号。为免被乱兵所累，百姓争相戴柳，久而形成这样的风俗。

这种解释应该是附会吧。因为古代中国在这样的节日总有相应的植物，如春节的松柏、端午的艾以及重阳的茱萸或菊花等，未必都会与某个历史事件有关。清明前后，柳树发芽，嫩黄可爱，所以戴柳以应天时。

然而，我们现在受杜牧老先生的诗影响太深，一说清明，就是"路上行人欲断魂"。实际上，清明是窝了一冬的人去野外散心赏景游乐的日子。按年代无考的《岁时百问》中说，清明的由来，本来就是"万物生长此时，皆清洁而明净，故谓之清明"，当此之时，心情应该是松快而惬意的——即使是在先人的墓前。

清明扫墓，倾城男女，纷出四郊，担酌挈盒，轮毂相望。各携纸鸢线轴，祭扫毕，即于坟前施放较胜。（清《帝京岁时纪胜》）

除了放风筝，大家还要在野外聚会，"四野如市，（士庶）往往就芳树之下，或园囿之间，罗列杯盘，互相劝酬。都城之歌儿舞女，遍满园亭，抵暮而归"（《东京梦华录》）。还有斗鸡、蹴鞠、荡秋千，年代最远的风俗，据说可以上溯到春秋战国时期。

面对这样的良辰美景,看着这样活泼的俗世之乐,即使是最道学的老学究也不能不心动,觉得寻章摘句,皓首穷经又有什么况味?理学老祖宗明道先生程颢就写过这样的词:

芳原绿野恣行时,春入遥山碧四围;兴逐乱红穿柳巷,困临流水坐苔矶;莫辞盏酒十分劝,只恐风花一片飞;况是清明好天气,不妨游衍莫忘归。

人家理学家都这样了,我们也就别装深沉人儿了,别宅着了。

配 享
冷猪肉也不是那么容易吃

迄至明清，"县县有文庙，村村有关庙"，成为吾国之胜景，与西方但凡有人居处就有教堂不遑多让。文庙是祭祀孔圣人孔老夫子的所在，但里面也不仅仅只有他一个，就如同佛教的庙里，不仅有佛祖端坐其中，胁侍菩萨、十八罗汉、四大天王也少不了，文庙里也有圣人的弟子门人和后代贤哲陪着。近代以来，儒学式微，五四先贤甚至要"打倒孔家店"，到如今我们也不觉得能陪孔夫子有什么了不起的。柏杨先生更一概讥刺为"吃冷猪肉"的圣崽——祭祀孔子的时候，无论是太牢之礼和少牢之礼，总要用到猪肉的。但事实上，因为儒学长久的正统和强势地位，读书人死后若是能从祀孔庙，那简直就是天大的荣耀，比宣麻拜相要难得多，也更值得庆贺。

从唐朝开始有了从祀这回事，到1919年清代学者颜元和李塨进孔庙（将来应该再没人了），现在，陪着孔夫子的共有一百七十二人。当然，这一百七十二位老夫子，也不是平等地"排排坐，吃肉肉"，其中还有差别，被分成四个档次：四配、十二哲、先贤

（七十九人）和先儒（七十七人）。古往至今读书人不知凡己，而竟然只有这区区一百七十二人（把孔夫子不知事迹的几十个弟子抛去，就更没多少了）。所以说，冷猪肉也不是那么容易吃的——据说，明朝时有人提议魏忠贤魏公公德配天地功盖古今应该从祀孔庙，但尽管九千岁权势滔天，这事还是没成，难度可见一斑。

说到这儿，我觉得最遗憾的是王安石。王安石不在这一百七十二人里，但想当年，王安石在孔庙里排名是非常靠前的，前到什么地步呢？颜回之后，孟子之前，孔子之下第三人！

王安石如今只以一场不成功的变法为人熟知，然而宋朝时，王安石不仅位极人臣，其注解的儒家经典，也成为科举标准权威的参考书。在他死后二十七年，宋徽宗"诏封王安石舒王，配享"。又过了十几年，王安石的学术不流行了，宋钦宗下诏，把王安石的地位从配享降为从祀。再过百多年，南宋理宗淳祐元年（1241），王安石索性被赶了出去，再没得冷猪肉吃。

这一进一出之间，大有文章。不仅是朝堂之上新党和旧党的纷争所致，宋朝人其实已经明白了其中的玄机，他们曾排演过一个剧目来说这事。说孔圣人端坐，王安石和颜回、孟子侍立在侧，孔子就让他们坐下。王安石先让孟子坐，孟子说，我只是被封为公爵，您可是王爵，您先请；王安石又请颜回，颜回说，我穷居陋巷，布衣一个，在学术上毫无建树，哪能比得上您啊。王安石就坐下了。可孔子一听颜回、孟子这么说，想想自己一生颠沛流离，有如丧家狗，自己也坐不住了，要请王安石中间坐。王安石赶忙说不敢不敢。这下子，子路生气了，拉起公冶长（就是孔子那位会鸟语的学生,也是孔子的女婿)就骂。公冶长很委屈,子路说,你也帮帮你老丈人啊,看看人家的女婿!

原来,王安石之所以能进孔庙吃冷猪肉,其实是有位叫蔡卞的好女婿。蔡卞的亲哥哥是蔡京。徽宗初年,蔡京为相,蔡卞知枢密院,两兄弟把持朝政,风头一时无两,在蔡卞的操作下,才给了王安石吃冷猪肉的机会(连小舅子王雱都给了个座位),而且位次不断上升,超越了孟子,差点代替了颜回。

遗憾的是,蔡卞不久就死了,即使凭借翁婿俩多年仕宦积攒的人脉,孔庙里那个座位也没能维持多少年。看来,要吃得稳冷猪肉,裙带总是不那么牢靠。

斗 神
不怕神的人你伤不起啊

民间有个很简单的游戏,"棒子老虎鸡",棒子打老虎,老虎吃鸡,鸡吃虫,最后虫啃棒子,非常符合传统文化里"万物相生相克"的精神,也就是俗话所说的,"卤水点豆腐,一物降一物"。而在普通的观念中,人怕鬼,鬼怕神,然后似乎神高高在上再无所惧了——这就不对了,按棒子老虎鸡的规律,神应该是怕人的。当然,这儿所说的人不是一般的小老百姓,而是做了官的人。

宋朝洪迈的《夷坚志》里,就有这么个段子:话说永州(湖南零陵,就是柳宗元写《捕蛇者说》的那个永州)城里有个谯门,对面有个小庙,土地爷待的地方。有天晚上,土地爷就给当地的录事参军(相当于市政府秘书长)何生托梦,说我只是个小小的土地爷,又不是什么了不起的神仙,你家郡守大人出来进去,经过我这儿,我就得下座回避,好麻烦也怪难为情的。您能不能给我块竹帘子遮挡一下?这事不难办,第二天,何生就又梦见土地爷来谢他了。

要说，永州郡守说破天也不过是个四五品的官儿，大不到哪儿去，可作为神仙的土地公见了就得回避，可见虽然天上人间不同，尊卑级别却都要论一论。原因很简单，在中国的传统观念里，自己修炼得道升天那叫"仙"，不过哪一天上天看你顺眼了，一死说不定就成了"神"，甚至，人间的皇帝封你做什么什么神，天庭那儿也是认的（这些在野史中历历可见）。所以郡守虽然是凡人，保不齐哪天就成了神，处在神仙最底层连妖怪都打不过的土地爷对之肯定是要恭恭敬敬的。

即使是那些大点儿的神，因为有这样一层关系，对于官，也是不想惹的。洪迈又讲了个故事，说宋朝宰相、秀国公陈升之还没中举的时候，进了威怀庙求签问卦，连续三次掷珓，都不吉利，很郁闷地走了，回家就梦见该庙的神威惠侯了。梦中，神告诉他，兄弟，你去庙里的时候，我不在。家里那口子不懂事，给你卦象给错了，其实兄弟你是贵人，以后要做大官的。他日，陈升之又去庙里掷珓，果然大吉大利。按说，威怀庙的神在唐朝时就成神了，五代宋朝时更加为侯爵，远非土地爷那样的小神可比。就这样，遇见将来才做官的人还要小心翼翼，给错暗示就忙不迭地去解释补救。

这件事属于神和官一团和气你好我好大家好的例子，倘若官们撕破脸皮和神干起来，神也是无可奈何的。话说冯当可为万州（今重庆市万州区）太守时，治下有个舞阳侯庙。舞阳侯，就是樊哙，汉高祖刘邦的连襟，张飞李逵式的人物，鸿门宴上敢和项羽叫板。可冯太守觉得这位樊侯爷史上从来没来过自己这儿，一定是什么妖精冒充的,一声令下,拆。没几天樊哙就来问罪,大白天地坐到了公堂上,说我在这儿享受烟火千年了,你当你的官儿我做我的神,也没对不起你吧,为啥就拆我的家?冯当可就把自己的想法说了。樊哙当然说自己是真的,两下就吵起来了。冯当可火了,说,就算真的又如何?历史上你哪一年做某事做得不对,哪一年又对不起某人……让你享受了千年烟火就算便宜你了,还敢叫唤?樊哙是武人,打架比武是强项,论嘴皮子上的功夫可不如远甚。说不过,只得"奄奄而灭"。再后来,樊哙也没啥好办法,小打小闹地欺负欺负冯当可的孩子,再后来,冯当可就调走了,这事也不了了之了。庙嘛,拆就拆了,也没人张罗着给樊哙重修一个。若是樊哙活在今天,倒有一首歌可以送给他——《伤不起》:伤不起,真的伤不起,当官以后不怕神仙就是伤不起……

国 畜

动物爱国主义

吾国的传统,常有一种托物寄情的文化心理,比如美人伤春士子悲秋,那不过是美人忧虑韶华老去,士子感叹命运不济,和春秋二季并无实质上的关系。明末清初文人,流连于风月场之余,也乐于为妓女做传,"秦淮八艳"的名字到今天犹有余香,也并不是他们突然钦佩起"失足妇女"来,而是借这些人羞臊羞臊王朝鼎革之际赶着投靠新主的同类而已。

还有些时候,国家特别动荡,大势之下,人人好比浮萍,各个自身难保,托物寄情不好找人,道德之士只好将目标转到动物身上。北宋靖康之乱,皇帝都被俘虏了两个,谁又肯卖命勤王?但高宗南逃,有人也要编出个"泥马渡康王"的传说来,以示天命犹在。

清末形势与历朝都不同,那是"两千年未有之大变局","天朝上国"一再被"蛮夷"所辱,上到皇帝下到走卒,一下就迷失在局中。如何维系民气凝聚民心,说不得主意也要打在鸡狗牛马上,让动物扛起爱国主义的大旗来。

清朝浙江鄞县人陈康琦曾讲过个故事，题为《国畜》。这故事说，道光二十一年（1841），英国兵占了他家乡，抢了许多耕牛来吃。一个人正杀牛，有一头牛忽然就挣脱了捆绑跳起来，将杀牛者顶倒在地，牛角连那人的肠子都挑了出来。好多人去抓牛，牛左右奔突，连伤了十几个人，最后还是列队放枪才将牛杀死。

第二年，英国人又占了乍浦。有一个头目骑马率兵向海盐前进，走着走着，马突然发了狂，将骑马者颠了下来，那人再跳上去，又被颠了下来。骑马者发怒了，正要往起爬时，马回身踩在他肚子上，举起前蹄踏去，几下就把人踩死了。然后马狂奔绝尘而去，那伙人惊骇异常，竟然溃散，海盐竟然得以保全。

这个故事，无非是惊牛惊马伤人，放到今天，顶多在报纸下角放一个"小豆腐块"，主题大概是"交通安全忽视不得"，但因为背景特殊，曾任过翰林、官至兵部侍郎的戴熙（后世以书画著称）听到了这个故事，便称它们为"国畜"，题名《二忠》。

道光二十一年，正是鸦片战争期间。这场战争，现在被视为近代史开端，是五千年中国历史一大转折。那场战争，天朝的脸面第一次被撕下，撕得鲜血淋漓，每个人都手足无措，不明白为什么几千英国兵就能打得"天朝上国"毫无还手之力，惊恐迷茫之中，这头牛、这匹马，也许能给国人稍许精神安慰。

现在看这个故事，有点好笑，有点心酸，也觉得讲故事的、听故事的太过迂腐愚昧，但当时比这不堪的事还有，比如湖南提督杨芳，是战功赫赫素称知兵的老将，在广州城头，竟然想出用马桶制敌的策略来，被人嘲笑说"粪桶尚言施妙计，秽声长播粤城中"。

更好笑也更心酸的是,道光二十一年的时候,陈康祺才两岁,他听这个故事时,怎么也得二三十年后,那时中国外辱更甚。可陈康祺复述这个故事时,还是津津乐道,并评论说,"物同类者必相昵,异类者必相仇……是一马一牛,触犬羊之膻秽,不能须臾暂忍,必出死力以与之争衡"——牛马虽为畜生却是同类,外敌虽为人类却是异种,夷夏之辨的老调唱了几千年,还有新意吗?

体 面
贵族就是任何时候面子都不能丢

现在，无论是餐饮、服装，还是房地产别的什么东西做广告，都喜欢用"贵族"的噱头。在他们看来，也许贵族天然就有着奢华、讲究、精致等的含义。这大抵是不错的。不过，在我看来，所谓贵族的特质，用俗话来说，根本上不过是两个字：体面。穿得体面吃得体面自然是应该的，更重要的是，即使在穿不体面吃不体面时，仍然不失体面，才算得上是一个真正的贵族。

要看一个贵族到底体面不体面，春风得意时还不能彻底看出来，非要到落魄破败甚至生死之际时才能分辨出来。皇帝是最贵的贵族，是贵族阶层的代表，当亡国之后，皇帝又成了最可怜最朝不保夕的贵族，同时，之所以亡国，总免不了自身或暴虐或昏庸，历史评价肯定不会太好。但就以这些人为标本，也能看出什么才是体面。

三国时吴的末代皇帝是孙皓，残忍好杀，被晋灭后，封归命侯。有一次朝廷宴会，孙皓也参加了。晋武帝说，听说你们南方人好唱个《尔汝歌》，来，给朕唱一个。古时候，优伶地位低下，战国时渑池会上,因为秦王要让赵王击缶,蔺相如差点血溅五步。大庭广众之下让孙皓唱歌,自然是存着调侃戏弄的心。孙皓倒是大方,也不推辞,举起酒杯就唱:昔与汝为邻,今与汝为臣。上汝一杯酒,令汝寿万春——尔汝这样的称呼,是乡下人用的,晋武帝想用这个戏弄孙皓,不料却用到自己身上,懊悔不已。而孙皓作为亡国之君在人屋檐下,还是不低头,比蜀汉后主刘禅不知羞臊地说"乐不思蜀"可体面多了。

再往古里说。先秦那会儿是贵族社会,重礼义,轻生死,更是人人要体面的时代,比如孔子的学生子路,都要被砍成肉泥了,还不忘扶正头上的帽子。流风如此,连最昏聩的君主也不例外。有几个成语,"轩车载鹤""爱鹤失众""老鹤乘轩",讲的都是同一个故事,说春秋时卫国有个国君,后世称之为卫懿公的,非常喜欢鹤,离谱到给鹤封官,号"鹤将军",让鹤乘坐大夫才能坐的车。后来狄人打过来了,卫懿公想要抵抗,百姓却和他说,你不是把鹤都封了将军吗,为什么不让鹤给你打仗去?于是竟然无人可用,最终身死国灭。

成语故事讲到这儿就没了。其实要按《东周列国志》的记载,背后其实还有很多有意义的细节:无人给卫懿公打仗,卫懿公当然急了,连忙说自己错了,是糊涂蛋,把鹤都放了,然后让大臣四处宣传,好不容易纠集了一点儿人。大臣说,那我们带上人去和狄人打吧。卫懿公说,自己捅的娄子自己糊,我要不亲征,估计大家都不信。我要不打胜,就不回来了。自己就上了前线。就这样,大家还是不满,唱歌道:鹤食禄,民力耕;鹤乘轩，民操兵。狄锋厉兮不可撄，欲战兮九死而一生！鹤今何在兮？而我瞿瞿为此行！

这样的部队当然打不了仗，交兵没多久，败局就定了。大臣劝卫懿公说，你把你车上的大旗收起来换身衣服赶紧跑吧！卫懿公说，如果你们能救得了我，大旗还是个标识。要救不了，去不去无所谓。我宁愿一死以谢百姓。果然，一伙儿狄人冲上来，就把他砍作肉泥，最完整的部分不过是一个肝。

卫懿公当然昏庸，亡国属于自找，但从狄人打过来开始，他认错，亲征，最后以死谢罪，做的每一件事情都符合为君的本分，即使只剩下一个肝，也比后世的大多数亡国之君体面得多。想一想，伊拉克的萨达姆是从地洞里被掏出来的，利比亚的卡扎菲是从下水道被拽出来的，彼时，体面何在呢？

节 礼

任你怎么说，还是个私的

话说中秋将至，欢乐祥和的节日气氛还未曾浓烈，省城路上倒是愈发堵了。这"愈发"的很重要的一个原因，是因为外地牌照的车多了。所谓明白的人说，省城居一省要津，当此佳节，岂能不来走人情、送节礼？并同时感慨社会风气一番。然而，通晓世情的人虽然觉得出行添了些许不便，但会更宽容地看待。因为中秋送节礼，在吾国，是悠久的传统。如今都说国学式微、传统消亡，可仅此一斑，就知道我中华文化必将永久传承。

当然，所谓悠久，也是相对而言。如在宋朝，就未曾听说。据《东京梦华录》载，宋朝过中秋，主要内容还是"拜月""赏月"、游乐吃喝。迨明朝，才有了中秋节礼的风俗，嘉靖年间的《西湖游览志》里，提到"八月十五日，谓之中秋，民间以月饼相遗，取团圆之义"。清朝光绪年间的《京都风俗志》在说到中秋时，几乎照抄这句话，可见已成定俗。

百姓穷苦，"以月饼相遗"，无非是应景。在尊卑严格、规制分明的官场，自是另一番景象。官场往来，最重三节两寿，中秋正是其一。清末《官场现形记》里说"向来州、县衙门，凡遇过年、过节以及督、抚、藩、臬、道、府六重上司或有喜庆等事，做属员的孝敬都有一定数目，甚么缺（官位）应该多少，一任任相沿下来，都不敢增减毫分"——月饼虽好，到底还是明晃晃沉甸甸的银子更喜人。

不过，这"一定数目"是多少，现代人已不甚清楚。让我们看看时人怎么记载。道光二十五年（1845），陕西督粮道张集鑫清楚地写下了他给上司送的节礼数字：

> （西安）将军三节两寿，粮道每次送银八百两，又表礼、水礼八色，门包四十两一次。两（八旗）都统每节送银二百两，水礼四色。八旗协领八员，每节每员送银二十两，上白米四石。将军、都统又荐家人在仓，或挂名在署，按节分账。抚台（陕西巡抚）分四季致送，每季一千三百两，节寿但送表礼、水礼、门包杂费。制台（陕甘总督）按三节致送，年节一千两，表礼、水礼八色及门包杂费，差家人赴兰州呈送。

粗略地对比一下，那时一两银子，大概相当于今天二三百块钱，也就是说，假如你是西安将军，过个中秋，仅仅一个下官就给你带来两万左右的外快——他一年的俸禄也不到三百两银子啊。

更值得注意的是，张集鑫写下这些，可不是为了收集材料好去举报，这都来自他为自己修订的年谱，而年谱，那是为了传给后人公之于世的，压根觉得没啥好忌讳的。前几年有个县委书记，就是因为过年过节狂收"节礼"，成为其罪状之一被判刑，他五年收了近百万。假如他看到张集馨送礼的数字，是不是要感叹人心不古大呼冤枉呢？

没有办法，在张集馨那个时代，节礼送银是官场通则，你要不这么做，反而是没有礼节不讲礼数坏了规矩。

只是，即使这规矩相沿成习，但连张集馨也知道，这规矩是"陋规"，《官场现形记》说："亏你做了二十七年官，还没有晓得，'节敬'是个私的。"简单一句话，便戳破了所谓节礼礼数的谎话。

目 力

不明大势，眼睛再好也枉然

前两天看了一首诗，是嘲笑近视眼的，记下了其中两句，"因看画壁磨伤鼻，为锁书箱夹着眉。更有一般堪笑处，吹灯烧破嘴唇皮"。当今时代，眼睛不近视的人已经是少数了，这样的诗甚少人提，因为乌鸦是不能笑猪黑的。然而，这眼睛目力，其实是大有说头的。

在古时候，高明的相面者给人看相，总以眼睛为重点，一个人的心性气运据说都能通过眼睛反映出来。现在我们视之为迷信，但古时候却有很多人奉为圭臬。晚清重臣曾国藩，也是一代理学大家，孔孟程朱之外，就特别信这个，在他当正经东西写的相书《冰鉴》里说，"容以七尺为期，貌合两仪而论"（就是说看相主要凭眼睛来判断），原因是"一身精神，具乎两目"。

话说回来，这事情也不需要专业的相面者来论证，普通人也都有类似的经验。比如说一个人精神头足，就会形容他"目光如炬""炯炯有神"，说一个人昏聩愚昧，那势必"老眼昏花""目光短浅"。所以，在古时候，作为身体器官之一的眼睛其实是有道德色彩的。内在的逻辑关系似乎是眼睛好脑子就好,眸子正风骨就正。这也许有一定道理吧。

眼睛最好的当属修行有成的菩萨罗汉,佛家所谓"天眼通","天眼所见,自地及下地六道中众生诸物,若近若远、若粗若细诸色,莫不能照",次一等的,也得是"千里眼",能给玉皇大帝看看门放放哨。普通凡人目力能达到什么境界,这个不好排名次,不过可以给大家介绍两位以眼神好而著称的人。

大清朝乾嘉年间,有位翁方纲,官至内阁学士,此公每年元旦,就会拿一粒西瓜子仁儿过来在上面写小楷,五十岁时是"万寿无疆",六十岁时是"天子万年",七十岁以后,还能写"天下太平",字虽然是越写越简单,但这种螺蛳壳里做道场的功夫,可是十分了得。

无独有偶,大清朝能人辈出,不会让翁学士专美。与他同朝为官的董诰,官做得比翁学士要大得多,位极人臣了,所以目力也要胜翁学士一筹。此公到了衰朽晚年,还能在芝麻(比西瓜子仁儿要小吧)上面写字,写的和翁学士七十岁后一样,"天下太平"。

按说,不管写啥字,都是显示目力之佳,"天下太平"这样的字眼更可看作是对未来的良好祝愿,但于现代人,当有不同的感受。翁学士、董相国晚年,已是嘉庆朝,大清朝的衰败不可遏制地开始了。在他们写"天下太平"的时候,白莲教大起义于嘉庆元年(1796)爆发,聚众百万,波及五省,持续十年,我就不信位居中枢的这两位大人不知道,非要做鸵鸟装看不见。那么,嘉庆十三年（1808），天理教首领林清攻进紫禁城，让嘉庆皇帝都哀叹"从来未有事，竟出大清朝"，其时，两位大人还能写"天下太平"乎？

目力再好，不明大势，也同瞎子一般啊！

润 笔
古人的稿费那叫个多

前几天看到一个消息,看得心情顿时灰暗起来,说那欧美诸国,稿酬丰厚,竟有千字几百上千元——乃是美元欧元,算成人民币,怕不有上万?换句话说,我写这篇小文,稿酬只够在大排档吃面,若是洋人写就,却能够在大馆子点鹅肝牛排鱼子酱,并开瓶儿红酒。即使写得不如洋人,但回报如此天差地别,也让人觉得老天太过厚此薄彼了。

老天眷顾洋人,这也是没有办法的事情,想来洋人的文曲星一定还兼着财神爷,只能怨自己没有托生在好地方,或者是好时候。因为若说起稿酬来,中国写文章的人,是有过幸福时光的,只是我没赶上而已。

在我国古时候,稿酬另有风雅的名字,曰"润笔"——毛笔笔毛枯干,若不用水泡软,是写不了字的;文思枯涩,若不用孔方浸润,也是做不了文的。虽然,最古的时候,写文章也挣不了什么钱。《道德经》五千言,老子不过换回几个馒头吃;《春秋》尊王攘夷煌煌大义,孔夫子还是潦倒得很。个人觉得靠写文章赚钱较早的，应该算是汉武帝时的司马相如。那时，皇后陈阿娇被皇帝冷落，为重获宠爱，陈阿娇便找来著名写手司马相如。洋洋洒洒一篇《长门赋》就此出炉，让汉武帝百感交陈，想起了皇后的好，而司马相如呢，得到的报酬是"黄金百斤"。拿个算盘算一算，汉朝一斤，相当于现在两百四十八克，《长门赋》六百三十三字，司马相如一个字便值三十九克黄金，按最近金价计算，那就是约一万五千元。洋人的千字几百美元、欧元，真是不值一提也。

当然，汉朝并无"润笔"一说，这个词在隋朝时才出现。但一出现，文人的好日子立刻就来了。据说，唐朝的润笔，在历朝算是最多。唐玄宗时大文豪、大书法家李邕，"人奉金帛请其文，前后所受钜万计"。有人说，自古以来收润笔之多，没有人能比得上李邕。裴度找皇甫湜为某寺写个东西，皇甫湜写了，但对润笔却不满，说我写了三千字，你才给这么点儿，一个字不到三匹缣（细绢）……可见当时行情之高。

写什么东西能挣这么多钱呢？一般来说，是实用文，寿文碑铭之类，诗词歌赋算是文人余兴，写了就写了，赚得是个名声，像司马相如那样作赋也来钱，毕竟是个特例。寿文碑铭这些东西，写得好还不行，写的人分量也要够重，这样主家才有面子。但分量重的人，润笔也高。白居易和元稹，那是极好的朋友，当时和后来，都并称"元白"。元稹死前，托白居易写碑文，交情归交情，规矩归规矩，给的润笔令人咋舌，车马、金帛、玉带，价值好几十万金。白居易自然不肯收，但也退不回去，只好捐给寺院给元稹做了功德。

有交情自然应该少收、不收，但碰上泛泛之交，那自然要大收特收，安身立命之资，发家致富之费，都要从这上面来。一代儒学宗师韩愈，文起八代之衰，写碑文这种小事那是驾轻就熟信手拈来，加上他官做得大，文坛也有地位，所以找他写碑文的数不胜数，刘禹锡说他"一字之价，辇金如山"，韩愈不用收受贿赂，靠写碑文也能过上富足日子。不过，既然是给死者写给活人看，自然是要说好话的，所以，在当时，这种为文方式就被称为"谀墓"。韩愈有个门客叫刘叉，有次和韩愈闹得不愉快，拿了韩愈的很多钱就跑了，并且说，"此谀墓中人所得耳，不若与刘君为寿"，一副理直气壮的样子。

钱拿了就拿了，也没见韩愈后来把他怎么样，许是韩愈自己也不好意思——著书都为稻粱谋，拿些润笔天经地义，但拿钱就替人说好话，给死人叫"谀墓"，为活人叫"谄媚"，给的钱再多，正人君子，理当义所不为也。

恶 搞
最恶搞的恶搞是都不认为自己在恶搞

有周星驰的电影提供例证，有《娱乐至死》提供理论，近年来，恶搞已经成为显著而普通的文化现象。但如果说，恶搞只盛行于现代，而古人个个严肃正经，却会让他们笑得坐起来。从古至今，假如说万千世相如同猴戏，猴儿高高低低，跳跃嬉闹，大多数人会喝彩鼓掌，还有少数人，当看到爬到高处的猴儿露出红屁股时，笑意反而更甚。方此时，若是不说，那叫腹诽；若是说破，便是恶搞了。

在古代，爬得最高的当然是圣人和圣人所作的经典。圣人万世师表，经典万世不移，最是正统刻板不过，恶搞若是不朝这些人、这些东西下手，那真是枉担了虚名。话说古时候有一个名伶，就善于来这一套。有次皇帝问他，孔子是什么人。那人说，当然是女人。《论语》里面说，"吾待善贾（一音古，一音嫁）者也"，不是女人，何必待嫁？又问，老子是什么人？那人说，还是女人。《老子》里说，"吾有大患以吾有身"，不是女人，如何有身（有身，亦指有孕）？又问，释迦牟尼呢？那人说，更是女人。《金刚经》里说，"敷座而坐"，不是女人，怎么会"夫坐儿坐"？

看到这一段，由不得我们佩服名伶的黠巧。但这只是初段，真正恶搞的境界，实际上有如优秀的喜剧——身在戏中而不知，旁观的人则乐不可支。话说清末江西有个草民，虽然潦倒，但素有大志，自称"道接宣圣"。宣圣，大成至圣文宣王孔子的简称，意思是，这位兄台有志于做圣人，所以常常率领几十个乞丐模样的人，行走乡里，有两人还打着旗子，上面赫然写着"黄教圣人江西某某某"。这位圣人，虽然是山寨版的，但行走坐卧还是有圣人范儿，说话还是有圣人腔，引经据典那是必须的：坐席不正，他要说"席不正不坐"；吃饭，自有一番仪式，并说"虽蔬食菜羹，必祭必斋如也"，连抽鸦片都要说，"二三子以我为瘾乎。吾无瘾乎尔"。

以此作为，不引来别人笑谈那简直不可能。有人就嘲笑他，说当初正宗圣人孔夫子还有皮袍，你这破衣烂衫怎么回事？他正色强调："君子固穷，若耻恶衣食者，未足与议也。"人家又说，孔夫子弟子三千，你就带着几苗苗人？孔夫子弟子里还有阔少，你门人怎么都是穷光蛋？这问题不好回答，又不能实说吸引不来富豪，这位山寨版的圣人只好选择逃避了。

事情传到县令耳朵里了。这位县令姓赵，也颇有后辈同宗、《阿Q正传》里赵老太爷的风采。听说之后，大怒，心里想，你也配当圣人？命令板子伺候。这位又拿孔夫子的话来搪塞：天生德于予，知县其如予何？幸好，师爷还算有点幽默感，给劝住了，打发回原籍了事。要不然,给这样段位的恶搞艺术添上些噼噼啪啪打板子的声音,岂非煞风景的厉害?

退一步讲,孔夫子毕竟死了两千年,恶搞一把,也只有不解风情如赵县令者才会生气。但要是恶搞的矛头对准活生生的皇帝,无论技巧如何,都算找死。但也只有恶搞到这一步,才算功德圆满,这是真正为恶搞献身啊!从茫茫历史传出一个声音:谁敢比我惨?谁能比我惨?

南北朝时,一个叫王始的人造反了。但以他被扑灭的速度,我们只能认为他是恶搞,想过一把皇帝瘾。因为他还啥也不是啥呢,就封了自己爸爸当太上皇,封了两个哥哥当征东、征西将军,自己的老婆当然就是皇后了。被捉住以后,人家问他你父亲兄弟呢?他一本正经地回答:"太上皇蒙尘在外,征东、征西为乱兵所杀。"老婆一听就急了,事情都坏在你这张烂嘴了,被人捆到这儿你还乱说?王皇上说:"皇后你不懂天命,自古及今,岂有不亡之国哉?"后来临刑,刀斧手都把刀架脖子上了,王皇上还有话说:朕今天要被你砍了,马上就会驾崩。崩就崩,"终当不易尊号"——恶搞这种行为艺术讲的就是有始有终啊!

风　水
山川若能语，葬师食无所

　　现在很多人都认为，台湾在国粹的存续上，比大陆要好，传统文化在我们这儿，还是需要刻意保护的东西，在人家那儿，即或是贩夫走卒，那也是日日浸染其中，须臾不离。某种程度上，我同意这个观点。有一年某日，发生过这样一件事，前"行政院长"苏贞昌家祖坟上的龙柏，突然就不知被什么人砍了。因前一天，苏贞昌被民进党任命为"总统"选举负责人，所以岛内舆论皆认为，砍树是为断了苏贞昌祖坟风水的"龙脉"，并进一步毁掉民进党夺取"总统"大位的大计。只从这件事上便可以看出，传统的观念和文化在台湾岛上，许多人不仅信仰且力行着——不仅风水是我国独有的学问，扰人祖坟破其龙脉的做法更是大有古风。

　　明朝末年就有这样的事，李自成起兵造反，崇祯皇帝很生气，派兵镇压自然是题中应有之意，忙里偷闲干的一件事，却是先刨了李自成祖坟。李自成投桃报李，占了凤阳之后，老朱家的祖坟也被他一把大火烧成白地。掘人祖坟果然没什么好下场，崇祯皇帝吊死在煤山上，李自成也死在了九宫山，大好江山白白便宜了皇太极多尔衮，同时也让人觉得风水之说果然千真万确效验如神。

在史籍中，因为风水好坏、改易而导致吉凶福祸的事例不胜枚举，那些风水师、堪舆家看看山川形势，就能准确判断影响一个人或一个家族的命运，不能不使人五体投地。宋朝洪迈的《夷坚志》里，讲了个故事。话说有一叫刘延庆的人，祖父身故，在一个墓师的指点下，准备葬于某地。这时有人和他说，那块地风水真是不错，可惜墓穴却不在正点儿上。刘延庆当然请他指条明道，那人说，在启坟堪地定穴时，他站立的地方就是真正的墓穴。墓师露了馅儿，泪汪汪地说，给你选了这地儿，我百天内必死。你如果以后善待我家人，我再给你选一吉时，让你家世代富贵。刘延庆答应了。墓师说，出殡那天，什么时候看见驴骑人了，什么时候就下葬。从来只有人骑驴，何时见过驴骑人？刘延庆虽然不解，但下葬那天也死心等着。中午时，一个农民背着条小驴经过，刘延庆才恍然大悟。后来，刘延庆官至节度使，他儿子官至太傅，可怜的墓师，却在刘家办完丧事三个月后就死了。

在我看来，这故事离谱到荒诞的程度。刘延庆死了的爷爷，和一头在人背上的小毛驴，两者有什么内在的逻辑关系？就好像苏永昌祖坟上的树——哪怕它叫龙柏——又和所谓"中华民国总统"有几毛钱的关系？

除了风水师，这事估计没什么人能说清楚，因为风水本来就是让人迷糊的学问——这算是我个人的经验，许是自己太过才疏学浅，无法理解其中奥秘。但是，这种学问中，阴阳两仪、五行八卦、天干地支、龙穴砂水等等，读不上几句，就让人头大如斗，愤恨地想，这无非是故弄玄虚而已。更何况，风水学说内部，也有不同派别，有些观点，甚至互相抵触：同是一块地，为何在不同的风水师的嘴里，吉凶却不同了呢？

这道理如此简单，其实也有古人能想明白。明朝的张居正就反对讲究风水，他说你们风水家的祖师爷郭璞，是被人杀的，他为何不给先人选块吉壤，给自己选块福地呢？要说这是他的命，讲究风水不就是为了趋吉避凶改变命运吗？祖师爷都做不到，你们又有多大能耐？总之是不相信风水这玩意儿靠谱。

反驳挺有力，可惜人们就好相信这些神秘奇异类似心诚则灵的东西。最有力的反驳者，山山水水又不会说话，所以就任由风水师舌灿莲花了——山川若能语，葬师食无所啊！

谣 谶
论谣言是如何变成现实的

目下微博、微信这种自媒体、私媒体火热,有人却看不过眼,说关了吧。理由正当,说这上面谣言太多,防不胜防,辟不胜辟。这话不算太错,想想,微博不过盛行三五年,金庸先生倒在此间"逝世"了两次;微信时间更短,可种种民间方子、秘闻段子忽悠遍了朋友圈,真假莫辨,莫衷一是,怪不得有识之士要呼吁关了它。

不过话说回来,自有人类历史起,谣言就伴随左右,似乎也不能单单把板子打到微博微信上(尽管它们也没有独善其身)。谣言这东西,在我看来,就像小说虽然是虚构,但却要符合艺术真实一般,谣言虽然查无实据,其实往往算事出有因——至少符合了某部分人的倾向和判断吧。比如说,东汉末年曹操袁绍官渡大战,两军交锋,许攸在袁绍后军大呼败了败了,袁军立刻鸟兽散,可其中深层次的原因,是袁绍后路已被断,军心早就不稳当了。

这样的谣言简单直接,惜乎缺少技术含量,为高尚高雅高级人士所不喜，他们中意的，还是那种辞浅意深，合仄押韵，散发着神秘气息，预示着历史走向的谣言，专业的说法是"谶"。据说最早的谶产生于西周末年，"压弧箕服，实亡周国"。"压弧"是弓，"箕服"是箭袋，如何能灭了周呢？原来，那位"烽火戏诸侯，一笑倾宗周"的褒姒，父母是一对卖"压弧箕服"的夫妇，但亲生母亲是宫中未婚先孕的一个宫女，所以褒姒刚生下来就被遗弃在野外，可她被收养，也是缘于周王听说了这个谣言，所以要杀和压弧箕服有关的人，那对夫妇这才跑到野外的啊——历史的诡谲显露无遗，更增加了谶的神秘和确定。

自周以下，王朝更替，莫不有谶浮现。秦亡，是"亡秦者胡"，汉兴，有"宝文出，刘季握"；曹丕篡汉，有谶说"鬼在山，禾女运，王天下"，晋受魏禅，又有谶说"大讨曹"；隋统一全国，谶预言"白杨树头金鸡鸣"，唐继隋而起，谶预言"桃李子，洪水绕杨山"，其他种种还如元末的"石人一只眼，挑动黄河天下反"，明末的"十八子，主神器"等等，都被史实所应验。

谣谶应验如神的原因，按照传统的说法，是因为创作者本身就不凡。在古代，火星被称为"荧惑"，是颗可以预示亡国和灾难的星（在西方世界，火星被视作战神，战争当然会带来灾难，这似乎可以看作文明同源的一个证据）。荧惑常常变成小孩子下凡，把对人间的警示和预言编成童谣教给其他小孩子传唱开，可惜大人们在满街小儿唱童谣时犹然懵懂，事过之后才恍然大悟——某种程度上，也不能怪大人，这些童谣虽然朗朗上口，但意义晦涩难明，甚至根据不同的需要能做出不同的解释。

怪力乱神，子所罕言，现代人对这套"史谓童谣乃荧惑星为小儿造谣"的说法早就不信了，大家明明白白地知道，谣谶必然是有人类创作者的，比如"大楚兴，陈胜王"的谣言，那就是陈胜自己编的。最近的例子在清末，辛亥革命前，革命党景梅九和杜仲伏喝完酒走在街上，口渴买浆，正好看见东面西面都有彗星，杜仲伏随口就说"彗星东西现，宣统两年半"，景梅九故意问，这童谣传了好久，不知道是什么意思。卖浆者凑上来说，这还不明白吗，是说大清朝快完了。果然，宣统皇帝溥仪，真的在宝座上连三年都坐不到，辛亥革命就爆发了。这条谣言传得非常广，山陕直隶，外地京师，人人皆知，只是稍微被改了一下——"不用掐，不用算，宣统不过两年半"。

以这条谶为例证，可以很明白地看出一条谶语是如何被创作、传播的，并在传播的过程中被修改得更容易流传。同时也能看出，谣谶在历史事件中究竟发挥着什么样的作用——它本身并不可怕，可怕的是背后涌动的那股思潮。

奴 才
想做奴才就能做奴才吗

拜大行其道的古装片所赐，国人的传统文化知识近几年大有长进，虽然错误不少。比如，见官儿就称大人，那是清朝的事儿，明朝三品以下的大臣都不见得能入耳，再比如，在唐朝，听见有人叫哥，也不见得是弟弟，那更可能是招呼自己的儿子。只有一个称呼即使在粗制滥造的电视剧中也鲜有用错，那就是"奴才"。而且，这已经是辫子戏中独有的景象。

奴才这个称呼，即使到了20世纪，天朝眼看摇摇欲坠，也不曾有半分更改。1905年，慈禧就派大臣出洋考察宪政，回来后还预备"预备立宪"以聚人心挽国运———后来证明这是晚清最大的谎言和笑话。不过，假如有明眼人看看出洋考察的大臣回来写的奏折，也能知道立宪这回事儿不是大清朝能干的。五大臣之一的端方，1907年上奏折请求立宪，话挺有道理，"宜服从多数希望立宪之人心，弥少数鼓励排满之乱党"，不过，劈头盖脸四个字泄了底，"奴才愚见"———世界各国，有"奴才"们立宪的吗？

奴才两个字，伴随大清国始终，从还叫"后金"时，就在满洲内部实行此种制度：全国上下，只有一个主子，那就是皇帝，剩下的，从亲王贝勒、八旗旗主一直到最底层真正的奴隶，名分上都是皇帝的奴才，而实际上，生杀予夺，贫贱富贵，也确在皇帝的一念之间。当然，贵族们本身也有自己的奴才，于是，皇帝之下，是大奴才、小奴才、奴才的奴才以及奴才的奴才的奴才……假如大清国千秋万代，那么主奴身份就永远不变。所以，外人一针见血，称大清是"奴才的国度"。

话说回来，臣仆一体，臣的本义原来就是奴隶，从周以降，大家只说"普天之下，莫非王臣"，而不说"普天之下，莫非王奴"，也只有清朝那样"质朴""单纯"的时代才非要直白粗暴地把这事说出来。偏偏作为征服者的他们，自我感觉还不错，自命"天朝上国"不说，还以承续道统正朔所在自夸，"满人最重礼法"几乎成为俗语。只是，这个礼法和汉人理解的稍微不一样就是了。满人的礼法，一是上面所说的奴才制度，另一个就是严守满汉之别了。

强盗抢了东西，总是怕物主找上门来。"严守满汉之别"用意不过如此。一直坚持到1901年的"满汉不通婚"是最显著的例子，再其次，便是不许汉人自称"奴才"了。现在我们想，"奴才"这种低贱的称呼，好像谁还愿意往自个儿头上安呢。但在爱新觉罗氏看来，主子、奴才无论如何也是一家人，皇帝、大臣那可生分了许多。乾隆年间，满人天保、汉人马人龙联名上奏，同称"奴才"，乾隆爷还要专门说明，朕是不搞民族歧视的，满汉一家嘛，称奴才也不见得亲近，称臣也不见得疏远（场面话，当不得真),但是(这才是重点)怕你们这些人互相效仿,无知的人又用这献媚,所以不得不防微杜渐,以后你们该称奴才的就奴才,该称臣的也别觍着脸往上凑。

不过,你以为照规矩不觍着脸往上凑,乾隆爷就不打你脸了吗?真实的乾隆爷可不是《还珠格格》中那位仁慈宽容的君主,而是猜忌阴险更甚其父的帝王。有一回,满人西甯、达翎和汉人周会理上奏,西甯、达翎称奴才,没错,周会理称臣,也没错吧?可乾隆爷就发了脾气,朕是不搞民族歧视的……(场面话如上),但是,你周会理不愿意和西甯、达翎共称奴才,是觉得自己身份高不屑和西甯等同列呢,还是故意想标新立异提示人们满汉有别啊……噼里啪啦,把周会理打得晕头转向手足无措。

这个故事告诉我们,在奴才的国度里,没有一种方式可以确定地讨到主子的欢心,可以确定的是,你得随时凑上脸去让主子打。

炫 才
乾隆爷一拽文，大家都服了

再说说乾隆爷的事。上周，书画界出了件轰动的事。他的一幅画作《仿倪瓒山水》，在拍卖会上拍出了两千三百五十七万元。虽然现在上千万甚至上亿的作品也不是没见过，但像这种估价只有三万，但能卖到两千多万的东西却是第一回见。如果乾隆爷的作品那时候也有这么值钱，估计光卖字画儿也能卖出个盛世来。

当然，贵为九五之尊的乾隆不会沦落到和穷书生们抢生意的境地，写字作画只是业余爱好而已。不过皇帝热衷，臣子肯定乐意捧场。大学士梁诗正等狂吹法螺，大拍马屁，略过一些没有什么营养和技术含量的废话，拍着拍着就收不住了，"综百氏而集其成，追二王而得其粹"——拿武术来做比喻，就是说乾隆皇帝已经融会天下武功，境界直追达摩三丰了——不管你信不信，反正我是不信。

这么多人捧着，由不得乾隆对自己的书法水平得意（绘画上还谦虚一些，据说大部分画作已经被他自己烧了，这也是那幅《仿倪瓒山水》能卖到那么高的一个原因），否则各地名胜、历代书画精品上不会随处可见乾隆爷的"墨宝",有他那么多的题词。网上搜到一个消息说,仅仅香山公园,就有五十五处题字。而在名帖名画上的题词,更被称为这些珍品的劫数,故宫里面所藏的,几乎没一件能逃得过乾隆爷的"御爪"。

时下,有些无聊的"富二代"爱在网上炫富,乾隆爷号"高宗纯皇帝",精神境界自然不是一班"二世祖"可比,人家这种做法叫"炫才"。替乾隆爷想想,他也没其他什么好炫了。炫富?天下都是他的,再有钱的人走到他面前也抬不起头来;炫武?他爷爷比他猛多了,不说打仗,光什么老虎豹子熊就打死一大堆,他也不好意思再显摆;炫女人多?他三宫六院七十二妃,是规定好的,和谁比都是胜之不武……也就是炫才,起码大家在一个起跑线上,颇有些隋炀帝当年"设令与士大夫高选,亦当为天子"的豪气与雅气。

书画还算是小道余习,传统上,诗词才是文人驰骋才华的主要阵地。在这之上,乾隆爷劲头更大,远超古往今来泰西中华所有的诗家——至少从数量上说是这样的。四万多首,整个《全唐诗》,两千两百多作者,二百八十九年,收录的诗也就与之相仿。尽管乾隆爷是为数不多的高寿皇帝,活了八十八岁,但要完成这个数量,即使他一生下来睁眼就开始写,写到最后闭眼,一天不写一首半完不了任务。

写了不请人品鉴,那就相当于"锦衣夜行",起不到"炫才"的作用,只不过,皇帝老人家的诗,谁敢说不好,再变着法子夸,听上几十年,乾隆爷也会腻歪。乾隆爷"炫才",主要是考臣子——卿家看看,朕这首诗中,此语典出何处啊?据嘉庆年间礼亲王昭梿所著的《啸亭杂录》记载,说乾隆"每一诗出,令儒臣注释,不得原委者,许归家涉猎,然多有翻撷万卷莫能解者,然后上举其出处,以博一笑,诸臣无不佩服"。有一次,乾隆爷写了首《塞中雨猎》,用了一个词,"着制",大家都晓不得啥意思。乾隆甚为得意,你们都是大儒啊,连《左传》也没读过吗?——《左传》中有陈成子"衣制杖戈"的说法,制,就是雨衣——天晓得大臣们是真晓不得还是给皇帝面子(我觉得也没个不开眼的大臣非要说我知道我清楚),反正七分才学三分表演,乾隆爷炫才的效果总是无与伦比的好。

可惜的是,一般来说,诗并不是用典艰涩生僻就好,所以乾隆爷四万多首诗,几乎没一首诗传下来,而汉高祖刘邦一曲《大风歌》,没一个字不认识,没一个典故,却是千古帝王诗之冠。

但也没必要嘲笑乾隆爷,内心中,我倒有几分佩服,一来,不管好赖,能写那么多诗总是很了不起的,二来,除了废几张纸,让大家为想几句好听的话白几根头发,也没什么其他坏处,在帝王的诸般作为中,算是最不劳民伤财的了——实际上,老百姓根本不担心上位者炫才,最害怕的,其实是他们一门心思要"炫政绩",那结果就不好说了。

避 讳
不可说可不可说，非常不可说

从古至今，总有一些话，大家都心知肚明，但谁也不会说、不能说乃至不敢说。这东西，古之所谓讳语，今之所谓敏感词是也。例如，你要在网络论坛里敲"进出口交易大会"，显出来的，很可能却是"进出××易大会"，这时你就会知道，某些程序机械的、冷冰冰外表下，隐藏着一颗多么淫荡的心。

古人讲礼法，啥都要按规矩来，不会出这样的笑话。什么能说，什么不能说，不能说的该怎么绕开说，说了不犯关碍还能让人知道你到底在说什么，比今人要有章法得多，虽说显得既麻烦又复杂，以至于到了现代，我们还得当学问来研究。近人陈垣先生就写过一本名为《史讳举例》的小册子，详细解释了历史上如何避讳的事情。

要不说中国历史悠久文化璀璨，早在先秦，对避讳就有具体的操作方式，也明确划定了避讳的范围，"为尊者讳，为亲者讳，为逝者讳"，简单来说，就是那些能管住你的人，不管他们是死人还是活人。

皇帝天下最大，所以最需要避讳的，就是皇帝的名字、尊号、谥号，甚至是年号等等。而且，由于吾国君主制历史太长，皇帝太多，所以避讳的字眼也就特别多，幸好一般来说，前朝皇帝的讳，后人无须再避，还稍微能省点儿事，要不然，等到清朝帝制将亡的时候，文人写东西，恐怕满篇都是"□□□□□"了，看着就跟色情小说似的——但如果，皇帝换得特别勤呢？

五代十国，那就是一个"皇帝轮流做，明年到我家"的时代，一个皇帝，龙椅还没焐热，指定就有人上去抢了。那时节，可苦了治下的百姓了，稍不留神就要犯忌讳。北宋名臣文彦博，他家本来姓敬，石敬瑭做了皇帝，为显尊敬，"敬"就不能用了，改姓"文"。石敬瑭没几天翘了辫子，北汉建国，文家人高兴地把姓又改了回去。没高兴了几天，赵匡胤坐了金銮，好死不死他有个叫"赵敬"的爷爷，得，没说的了，再改吧，反正熟门熟路，又姓了"文"。

一会儿"敬"，一会儿"文"的，难免让后人读史犯糊涂。话说回来，避讳也不是一点儿好处也没有。据我所知，有一种版本考订的方法，就是看他避讳什么。比如说，凡是用"国"而不用"邦"，我们就可以判定，这是汉朝的古籍——避刘邦的讳；凡是用"元"而不用"玄"的，也可以说，这本书出自清代——避玄烨的讳。只不过，有时候想想，我们从小熟读的经典，其实是念错了的，心内不免有些荒谬的感觉。

有个笑话讲，说五代时"不倒翁"冯道，权势熏天，有个门客给他读《老子》，忌讳说"道"，急切间也不知道拿什么字代替，张口一出来就是"不可说可不可说，非常不可说"。但这可不仅仅是笑话。《老子》开篇，"道可道，非常道"，其实人家原文是"道可道，非恒道"。还不是因为要避汉文帝刘恒的讳，才改成如今这种读法？要是冯道做了皇帝，说不定我们现在还真得"不可说可不可说"呢。

可说不可说，经典总在那儿摆着，显得避讳那么无聊，而且虚伪。陆游讲了个故事，说有个郡守叫田登，手下胆敢犯了名讳，就是一顿板子。正月十五放花灯，小吏不敢说"灯"，张榜写道："本州依例放火三日"，百姓既笑且怒，说"只许州官放火，不教百姓点灯"。

哈哈哈。

酒 量
唯酒无量，不及于乱

在古希腊神话中，狄俄尼索斯是酒神（古罗马神话中称为巴克斯），同时也是狂欢之神。可见在古代西方世界，无酒不欢也是不成文的惯例。后来，强大的罗马帝国烟消云散，史学家穷究原因，说罗马人爱饮酒好宴乐，奢靡无度是根本原因。我中华先贤，智慧卓长，见机得早，无须后世史学家置喙就明了了酒的危害。传说，仪狄造酒献给大禹，大禹觉得甚为甘美，但也叹道，后世必然有因为酒而亡国的。

夏之后是殷商，殷商之民好饮酒作乐，昏君代表纣王的一大罪状就是做"酒池肉林"。继之而起的周武王，把弟弟康叔封到殷商故地的时候，还特地发《酒诰》告诫他，别像殷人一样，因酒而误国。殷人之后被封到了宋国，成为一方诸侯，想误国也没了机会，但对酒的爱好，却没有少了半分。孔圣人亦是殷商后裔，仁义礼智信，温良恭俭让，那素来是道德楷模，但他老人家，却是"唯酒无量"的。

更值得一提的是，就像古希腊、古罗马神话中酒神同时也兼着戏剧之神一般，中国古人也早发现了酒和文艺的关系。在他们看来，"读书破万卷，下笔如有神"那是废话，紧要的是"饮酒达万杯，下笔如有神"。杜甫《饮中八仙歌》就说了，"李白一斗诗百篇""张旭三杯草圣传"。唐人豪爽奔放，这自不用说，事实上，历代能喝的诗人，文人，如天上繁星不可计数。东晋王恭说，"名士不必须奇才，但使常得无事，痛饮酒，熟读《离骚》，便可称为名士"。"熟读《离骚》"，也得认识些许字，"常无事"，别人谁看得见？于是，名士的标准就只剩下了一条，"痛饮酒"。

俗话说，文无第一，武无第二。但酒场如战场，酒徒如武徒，只要喝酒的人，就不会说自己不能喝，酒国里的英豪都有做状元的气魄——写文章不如你，喝酒岂能弱了气势。东汉蔡邕一喝就是一石，东晋阮籍一喝就是三月，刘伶"一饮一斛，五斗解酲"，李白"三杯通大道，一斗合自然"，谁也不甘人后。更有晋朝兖州刺史刘公荣，见客必饮酒，"比我强的不能不和我喝，不如我的不得不和我喝，和我一样的人不可不和我喝"。喝得昏天黑地日月无光。不能喝酒的人，自己都不好意思往文人堆里凑——也不是没有，明末张岱的父亲、叔父就不喝酒，只吃肉，有人就说你们兄弟也够奇怪的，"肉只是吃，不管好吃不好吃；酒只是不吃，不知会吃不会吃"。遗传之下，张岱酒量也不咋的，乘舟赏雪，当彼美景，仅喝了"三大杯"，还要用一"强"字。

不过孔夫子虽然"唯酒无量"，人家重要的是"不及乱"。可仔细想一想，这句话纯是孔圣人为了自己和一班酒徒的名声说的场面话。喝酒是一杯杯来的，醉酒也有一个过程，不会说第十杯还和没事人一样，第十一杯就醉得一塌糊涂。所以，喝酒的人还知道"不及乱"时，那就没醉，若是真要醉了，不用说孔圣人，就是孔圣人他爹复生，说的话也只当耳旁风。所以说，对于圣人的教导，大家一般只听前半句。真正能做到"不及乱"，那才是酒国里的高士。

你看刘伶醉酒在屋子里裸奔，阮咸和猪在一起喝酒，这就算是"乱"了。看看人家阮籍，喝醉了就躺在人家酒店老板娘身边，老板也不会说啥，因为知道，阮籍那是"不及乱"的。

超 标

和轿子的斗争，人性胜了

近日，党中央和国务院又发布了对公务用车的管理办法，对其标准进行了重新修订，提出"坚持公务用车价格不超过18万元、排量不超过1.8升双重限制"。印象中，类似的规定并不止颁布过一回，用俗语来说，就是"三令五申"。效果吗，看看一次又一次地发布，就知道一二了。

这并不奇怪，因为这些规定，针对的是人贪图奢华享受的劣根性，而有资格使用公务用车的人——倒不是说他们的劣根性就表现得更明显——他们往往掌握着大量的社会资源，对他们的管理就分外难，所以才要"三令五申"地强调，你们的座驾，可别超标啊。

回顾既往，和官员座驾车舆斗争的历史足可用漫长来形容，煌煌二十四史，总少不了舆服志，从中可以看出，规定不可谓不细，想法不可谓不周，效果吗，呵呵。

拿轿子来说吧。

轿子产生的时间很早，对之有明确规定的，却始于宋朝。神宗朝允许"宗室年老有疾不能骑者，出入听肩舆"——这是优待政策，一般人，官做得再大，也只能骑马。南渡后，据说是因为官员"东征西伐，以道路险阻"，才"诏许百官乘轿"。

坐轿当然比骑马舒服得多，口子一旦放开，就再也收不住了。辽金元还保有游牧民族的特征，对轿子不太留心，到了明朝，轿子就成为统治者不得不注意的风气问题了。明初立国，乘轿和宋朝一样，是种优待，妇女和官民老疾者才能享受。久而久之，又成为大官的特权，"景泰四年，令在京三品以上得乘轿"，但这很有可能是一纸空文。嘉靖十五年（1536），礼部尚书霍韬上奏说，有规定，文官三品以上才能坐轿，但近来他们钻规定漏洞，好多文官都乘坐肩舆（略为简易的轿子）。皇上您得管管。于是嘉靖皇帝重申，四品以下，乘轿不让，肩舆也不行。

我当时要是立在朝中，听到这命令心中肯定不服，怎么着，你老霍官儿做大了，有轿子坐了，就忘了骑马的苦了？同朝为官，何苦为难兄弟们呢？不过皇帝总不可能时时刻刻盯着大家，没几年，隆庆皇帝又一次重申，四品以下的官，不许坐轿，啊，还有肩舆；没几年，万历皇帝再一次强调……

明亡清兴，皇帝觉得为轿子这种小事不值得一回回唠叨，得，不论大官小官，你们都坐去吧。于是，只要是汉族文官，大学士、尚书以下，教职以上，都有轿子坐了。当然，如今天要规定公务车排量和价格，当初轿子的规格也不同，比如大官的轿子是银顶，小官的轿子是锡顶；大官的轿子八人抬，小官的轿子二人抬，不一而足。

需要注意的是，不论明清，武官都是不许坐轿的，原因是害怕他们养成贪图安逸的恶习（满人骑射立国，更加注意这一点，乾隆皇帝强调，满大臣除非六十以上或者实在不能骑马的，都不能乘轿。可惜清末有的满人连马都上不了，不知道这规定是咋执行的）——乘轿政策，虽一直放宽，却始终有所保留，想来也有这方面的考虑。这就好比我们如今国力强盛，未必负担不了几个车钱，但对公务用车限制不厌其烦，也是想保持干部艰苦朴素的工作作风吧。

不该坐轿的坐了，该坐四人抬的坐了八人抬，在古代被称为"逾制"——即今之"超标"也。古往今来，这都是难以疗治的痼疾。难的原因，当然不是难发现、难监督，难就难在贪图安逸是人的本性，而且，每个官员都会想，不贪污不枉法，轿子超标这是多大的事儿，皇上你能把我怎么地？确实不能怎么地。弘治七年（1494），皇帝说，"违例乘轿及擅用八人者，奏闻"。报上来后呢？史书中没说下文。应城伯孙文栋身为武将勋臣，不该坐轿，可他就坐了，还很嚣张地招摇过市。隆庆皇帝很生气，处理，一定要严肃处理！可板子高高举起，却轻轻落下，罚了俸禄了事。不过，相比永乐年间驸马胡观违规坐晋王的轿，胡观啥事没有，晋王也只挨一顿骂，确实算严肃处理啦。

还有一个难点是，你不能只让大官放火，不让小官点灯。张居正当国，丁忧回乡，坐的是三十二人抬的大轿子，里面甚至分为卧室、客厅、卫生间，奢华无比。张阁老如此，下面的人自然会比照仿效，张阁老肯定也不好意思多说什么，所以这超标的问题就永远解决不了。

圣 诞
过中国特色的圣诞节

12月25日是圣诞节。不过，严谨的人会说，12月25日是西方国家的圣诞节，更严谨的人会说，12月25日是除东正教以外的其他基督教宗派风俗下的圣诞节（因为历法所用不同，东正教的圣诞节在1月7日）——在这个问题上，我认为严谨还是必须的。因为任何一种文化，都会有杰出优秀的代表，被人称"圣"称"贤"，若不分清楚，是会过错年的。

比如说中国，我们五千年文明史，圣人层出不穷，灿如繁星。最高一等的，如"至圣"孔子和"武圣"关羽，次一等的，如孔子的几个弟子后学，"宗圣"曾参、"复圣"颜回、"亚圣"孟轲、"述圣"孔伋，再次一等的，就如同"书圣"王羲之、"画圣"吴道子、"诗圣"杜甫、"酒圣"杜康、"茶圣"陆羽……细数一下，总有几十个，再加上曾被称为圣人的仓颉、周公、傅说、伊尹等，我们简直可以说是"圣人之国"。如果这些圣人的生日都能被当成"圣诞节"，并像西方国家那样能放一半天假，那我们基本上一年都不用上班了。

这当然纯属我这样懒人的白日梦。社会主义现代化建设任重而道远，大家都在只争朝夕，唯恐时间不够，何况一年放大半年假呢？更重要的是，一直以来——窃以为——中国的圣诞节很乏味，过不过都不打紧。漫说其他低一等的圣人连"圣诞"是哪天都不一定晓得，甚至也未必会称为"圣诞"，如"大成至圣先师文宣王"孔子，其生日倒素来被称为"圣诞"，也是个很隆重的节日，在礼制规格上相当于祭祀天地社稷，帝王要亲拜或遣使致仪，还要给孔子上三牲之供，看八佾之舞，但那只是朝廷重视儒学和显示正统的一种政治姿态，在民间，仅仅是"禁止屠宰，祭文庙。各书室设供，师生瞻拜"（清人潘荣陛《帝京岁时纪胜》）——岂非无趣无聊得很？就算如今西方的圣诞节在我们这儿被改造得面目全非，只剩下了吃大餐，猛血拼，彻夜狂欢，但那种快乐的节日气氛毕竟挥之不去啊。

作为一个国粹主义者，我实在不愿意承认我们就没有有趣一点儿的圣诞节。仔细搜检一番，终于被我发现了一个，就是皇帝的生日的啦——从唐玄宗开始，当时叫千秋节，之后唐宋五代的皇帝各有称谓，元代直接便叫圣节，明清固定下来的通行叫法是万寿节。

这是因为在我们古代，每一个皇帝其实都是圣人——这并非是我牵强附会。后唐明宗李嗣源有次祷告，说："世乱久矣，愿天早生圣人。"后来，赵匡胤得了天下，人们都说，李嗣源的祷告应验了。而古装影视剧中，对皇帝不是天天"圣上圣上"地叫吗？所以说，虽然每一个朝代的"圣诞节"都不同，但有"圣诞节"则是毫无疑问的。

更令人欣喜的是，这个"圣诞节"不同孔子的"圣诞节"那般庄重肃穆，也是一个欢乐喜庆的节日呢。皇帝生日，当然普天同庆，朝野同欢，群臣向皇帝祝寿送礼，皇帝也要大赐群臣，（是不是和西方圣诞节互相赠送礼物异曲同工呢？）而最最令人高兴的是还要放假三天，这样，就是普通人也会高兴啦。

这个"圣诞节"很是隆重，在乾隆爷《八旬万寿盛典图》中，我们可以看到，在那几天——至少是整个京城——就是街上也要张灯结彩，彩棚和戏台三五步就搭建一个，艺人们载歌载舞，演剧陈戏，市民们奔走观看，尽饱眼福，商贩们叫卖其间，也能像如今一样赚个不亦乐乎……几乎画出了大半个北京城，有二百四十二页，八十余米长，盛况可见一斑。

然而，最隆重的还要属人家慈禧的万寿节。老佛爷要显示自己的体面，放出话来，"谁让我今天不高兴，我让他一辈子不高兴"。这下那更是可劲造了，除了该有的内容一个不少，老佛爷还要修个园子荣养。钱不够？不要紧，有海军军费呢。要不是洋鬼子捣乱扫兴，真是可称完美啊。可惜老百姓就不捧场了，有个记者林白水写了个"寿联"：今日幸西苑，明日幸颐和，何日再幸圆明园？四百兆骨髓全枯，只剩一人何有幸？五十失琉球，六十失台海，七十又失东三省！五万里版图弥蹙，每逢万寿必无疆！

欢乐祥和不起来了……

正 朔
哪天过年，也是大是大非

一年头一个月叫"正"，一月的头一天叫"朔"，所以，刚过去的1月1日，也可以说是"正朔"。只不过，这是我们今天的"正朔"。因为我们用的是公历，古人用的却是农历。要到古人所说的"正朔"，还得等上那么二十来天。

这不是什么大问题，对我们来说，无非是放三天假和放七天假的区别。不过，对古人来说，这却是很重要很严肃的问题。历法正朔，乃是一个王朝的标志。殷革夏命，就以夏朝十二月为正月，周夺汤鼎，就以夏朝十一月为正月，秦汉相继，正月又成了夏朝十月……改来改去，很是麻烦。想想吧，过年的时候，商朝的人民冻手冻脚，想出去玩玩都怕被风吹着，而秦朝的人民，地里的活计还不一定能做完，想放松几天估计也没时间。等到汉武帝的时候，硬性规定，以后就用夏正了。如此，天气虽渐渐暖和了，但农活却还没催上来，大家这才有暇过一个欢乐祥和的春节不是？

某种程度上，这并非我的臆测，估计也符合几分历史的真实。中国两千年一直使用夏正,就是缘于夏正有利农时。孔子回答他最得意的学生颜渊治国的道理,首要的便是四个字,"行夏之时"——圣人说得总没错吧?需要多说一句的是,夏以天明为朔,这可不太好确定,天文学进步后,等到周朝就以夜半为朔了。

夏正周朔,在中国长久地保留下来后,历代的帝王除了像武则天或洪秀全那样一心要标新立异的,一般是不会改的。改动的,只是年号而已。王朝更迭,帝王相继,都会改年号,用哪个年号纪年,就意味着服从哪个皇帝的统治,这就叫"奉正朔"。相对应的,你要不使用某皇上的年号,这就叫"不奉正朔"。明朝灭亡后,属国朝鲜明面上又奉了清为宗主,但暗地里,却还在奉明之正朔,崇祯年号一直用了二三百年。不过大清鞭长莫及,也就由他去了,但要在王朝版图内,这就例同造反啊。金庸武侠小说《鹿鼎记》,引子是庄廷鑨《明史案》,就因为里面居然不使用清朝年号,庄家几乎被灭族——很可惜,这事非小说家语,其惨烈实际上更甚,此案最后牵涉到两千多人,七十多人被杀,十八人被凌迟。

用年号也有用年号的麻烦,因为明清以前,皇帝们,像武则天二十一年用了十八个年号固然是极品,普通的用三四个年号非常正常。梁启超统计,从汉武帝的元鼎开始,中国共有三百一十六个年号——平均下来,六年就有一个年号。我们不禁要可怜一下古人,比如一个宋朝人,回忆一下十年左右的事,就得掐算半天:"那是崇宁五年还是大观元年的事来着?"

既然这么麻烦,那些皇帝为什么不像明清时期一个皇帝一个年号呢？其实，不管改得多勤，在皇帝们看来，改年号真是一件严肃的事情，不消说改朝换代，就是平常，那也大有讲究，或者是有某件事需要特别纪念一下；或者是施政方针、朝堂结构要调整一下让大家有个准备；或者是前几年过得不顺所以要振奋一下人心，断没有心血来潮改着玩的。明清时候，皇帝不再动不动就改年号了，直接可以指称皇帝了，所谓乾隆爷宣统帝，好处是记事没那么烦琐了，但要从年号来判断当时皇帝的心理、国家的状况，也成为不可能啦。

民国政府成立后，改用民国纪年，年号就成为历史的故物了；新中国成立后，我们又改用公元纪年，和世界接轨了。要想再领略一下古风，只好去日本，他们那块儿还是年号纪年，今年是明仁天皇平成二十九年。再就是去朝鲜，虽然没有帝王年号，但1997年朝鲜宣布以主体纪年，并以金日成出生的1912年为主体元年，2020年正好是主体109年——很明显的，日本的天皇，朝鲜的主体思想，是人家正朔所在，我们去那两国旅游的，最好别轻易冒犯啊。

媚 灶

灶王爷怎么会是蟑螂呢

过两天就是腊月二十三了,民间俗称是"小年",意思是,从那天起,就开始过年了。那一天,主要的活动是祭灶、送灶王爷上天,所谓"上天言好事,下界保平安"。过去有讲究,是"官三民四船家五",各色人等祭灶的日期不同,现在新社会了,人人平等,大家一样贵贱,就都在腊月二十三了。

这是普通的民俗,没什么可多说的。使我感兴趣的是,这位每家每户都会供奉祭祀的灶王爷,姓甚名谁,哪里人氏,打小报告的职责又从何而来?于是不免搜检一番——原来,这位灶王爷,竟然大有来头。

灶王爷——更准确说是灶神——早时候是很牛的。《事物原会》里说,"黄帝作灶,死为灶神",《淮南子》里说,"炎帝于火,而死为灶",《周礼说》里说,"颛顼氏有子曰黎,为祝融,祀以为灶神",黄帝是文明初祖,炎帝以火德治天下,祝融本身便为火神,显而易见,虽说是灶神,这还属于上古文明初萌的时候,先民对火的崇拜,但同时也说明,炊饮庖厨,在古代还是一件需郑重对待的事。

后来，饮食成了平平常常的事，不需要炎黄祝融那样的圣王大神来分管，灶王爷就由其他人来担任了。南北朝时的《荆楚岁时记》里说，"灶神名苏吉利"，唐朝的《酉阳杂俎》里说，"灶神……姓张名单，字子郭"。"苏吉利"何许人也，"张单"又是阿谁？当代神话学家袁珂经过严密论证，得出结论，他们的原型都是颛顼的儿子穷蝉，而"穷蝉"不过是灶台之上常见的一种小动物，古人称为"灶马"，我们一般都叫它蟑螂——也就是周星驰所说的"小强"啊。

这真是一个令人非常不爽的事实，想不到我们年年祭拜的灶王爷，其实是每每欲除之而后快、尚恐除之不尽的蟑螂，我都禁不住想大喊一声，"这是坑爹啊"。虽然说真武大帝原型是龟蛇合体的一种怪物，张果老更是白蝙蝠成精，但蟑螂当灶王爷，成为赫赫的"东厨司命九灵元王定福神君"，执掌一家祸福，还是不免令人感慨每况愈下。

不过，感慨归感慨，想提醒大家的是，该有的尊敬礼数千万别少了半分。东汉时的郑玄说，"灶神居人间，司察小过，作谴告者"，而后果也很严重；东晋时的葛洪说，"月晦之夜，灶神亦上天白人罪状。大者夺纪。纪者，三百日也。小者夺算。算者，三日也"。人非圣贤，孰能无过？左扣扣右扣扣，就是能活八百年的彭祖恐怕也招架不住。所以说，春秋时候人们就有了这样的观念，"与其媚于奥（家西南角，代指最尊贵的家神），宁媚于灶"。

人民群众想的"媚灶"的方法是贿赂加欺骗。宋朝时，"以酒糟涂抹灶门，谓之'醉司命'"，宋以后，通行用糖瓜糖饼做祭品——不是让他喝得醉醺醺说不成话，就是黏住他的嘴让他说不出话，好歹蒙混过关就是。

　　这方法管用不管用呢？上千年大家都这么做，估计多少管点用吧。即使证诸现实，我们对身边那些帽子虽小，但岗位却关键，极为影响你工作生活的小官小吏其实也是这么做的。反正他们眼皮子浅，一点小利就能打发得了。可如果不呢？想想蟑螂的那个讨厌劲儿就知道后果了。那真是癞蛤蟆爬脚背上——吓不死人膈应死人。

捉 刀

给人代笔，最好默默无闻

年前年后，因为有没有代笔的事，韩寒和方舟子闹得不可开交。我不是肯德基，给不了韩寒亲笔写作的证明，也不是《新语丝》，不会无条件支持方舟子，所以对他们论战的态度不置可否，只是想起点儿关于代笔的事了。

代笔，古人称为"捉刀"，典故来自三国故事。说曹操某天要接见匈奴使者，嫌自己长得不够体面，就让崔琰当自己的替身。史料中说，这崔琰"声姿高畅，眉目疏朗，须长四尺，甚有威重"，无疑是很给朝廷长脸的，而曹操自己"捉刀立床头"。会见完后，就让人问匈奴使者印象。使者说，魏王果然好相貌好气度，不过，那个"床头捉刀人"才是真正的英雄。曹操一听到自己穿帮了，就让人赶上去杀了使者——可怜这位使者，都不知道为什么遭此杀身之祸，到了阎罗殿，也是个糊涂鬼。

当然我们也不用太悲伤。因为虽然这个故事从《世说新语》开始，屡见于各种典籍，但却是彻头彻尾的编造和杜撰，也就是说，从来没有这样一个使者因为看破了奸雄的真面目而被杀。

看看,"捉刀"这种事,从根子上,就和弄虚作假脱不了干系。不过,只要够出名,也能成就一段佳话,至少,也是传奇。史上最有名也最嚣张的捉刀者,个人以为当属唐末的温庭筠。传说这位仁兄是科考场上的活菩萨,专好给人当枪手。某次春闱,主考知晓他的名声,特地严加防范,然而温庭筠还是帮前后左右八个人完成了试卷。搁现在,学生们也许就不再说"拜春哥,不挂科",而要诚心供奉温庭筠了。

有些时候,让人捉刀,并非是本人没有才气。大仲马,可以说是作家中的作家,但他的三百多卷著作中,据说有很多是别人代笔,为此他还养着一个庞大的写作团队。所以,在法国就有这样一句话,"人人都读大仲马的书,但谁也没有完全读过大仲马所有的书,甚至连大仲马本人也是"。中国相类似的例子也有,武侠作家古龙同样是高产的作家,但他的一些作品,或作品中的某个部分,却是他朋友、学生所写。古龙说,"有很多署名'古龙'的小说,都不是古龙写的,这是大家都知道的事。人在江湖,身不由己。这一类的事我相信大家也都知道,我当然也知道"——说得他好像挺无奈似的,其实无非是文债逼得不行。而倪匡,因为给金庸和古龙两个行内的顶尖高手且风格迥异的人都捉过刀,其实也是足可夸耀的一件事。

话说回来,替人捉刀,最好还是不要声张。这儿就有一个很惨的例子。话说,乾隆皇帝一生作诗数万首,从落地到合眼,一天要做两三首——似乎不太可能吧。所以大家其实心里清楚,乾隆爷肯定有人捉刀。但这事儿,实在不能声张——想想"捉刀"

那个典故吧,那个不小心说出真相的匈奴使者死了,连崔琰后来也被曹操杀了——但偏偏有人忘了沉痛的教训,偏要嘚瑟。沈德潜,清朝的大诗人,陪伴了乾隆了二十多年,乾隆《御制诗集》中的诗出自他手中应该不老少。沈德潜算是小心谨慎,没露半点儿口风,但死后,乾隆却在他遗稿中发现了给自己写的诗——这是我抄你的还是你抄我的啊!乾隆爷当即就怒了,夺官、罢祠、削谥、仆碑,几十年荣华付之流水。

自从那以后,给领导代笔的人就默默奉献了。如今,职业的捉刀者是大大小小的秘书们,但你见过有哪个不开眼的秘书说领导的讲话是自己的手笔?唯一令人困惑的是,我们一直以来,是听了领导的呢,还是听了领导秘书的?

造　像
个人崇拜的最高规格

曾经，法国前第一夫人，那位漂亮高挑的名模布吕尼，曾以纺织女工的形象刻成雕塑被树立在巴黎东郊，这引起了民众强烈不满。大家认为，出身名门的布吕尼这辈子不用说纺织机了，估计连针头线脑也没见过，怎么就能代表"纺织女工"？毫无疑问，是巴黎市长要拍总统的马屁——而且，花费里有一半还是公款。

彼国的事情，对于我们就是一个乐子，但是，他们毕竟还能想到纺织女工，也算是"贴近群众"。前一阵子，陕西一所高校，把女娲和雅典娜塑像的脸换成了校董的，愣生生杵在那儿，要让法国人知道了，又不知道该怎么笑话我们。

五十步别笑百步，乌鸦也别嫌猪黑，在这个事儿，大家各自检点吧。不过，从中也可以看出，崇拜一个人，造像算是顶尖儿规格的，这样的文化心理，大概泰西中国莫能例外的。也不知道谁比谁更早一些。

据我所知，古罗马时期，帝王贵族们就特别喜欢为自己立雕塑，就算是臭名昭著的暴君，我们今天也能看到他的样子。3世纪早期罗马皇帝卡拉卡拉像，还是古罗马雕塑艺术的最高成就呢。我们中国的皇帝，好像不太乐意这个，三皇五帝，秦皇汉武长啥样儿，我们今天一点儿都想不出来。但要说到给大人物立像，似乎也有，也相当得早。春秋时期，吴越争霸落幕，范蠡和西施泛了五湖。越王勾践就"命金工以良金写范蠡之状而朝礼之"——这是造像还是画像呢？都有点儿像，只好存疑。

确定的其实也非常多。大同云冈石窟，其中昙曜五窟中的五尊大佛，形象皆取自北魏的帝王。其中有一尊大佛，脸、足各有一块黑石，言者凿凿，说是北魏文成帝身上相同部位也有黑痣。这个方法后来为武则天所照搬，洛阳奉先寺的卢舍那大佛，正以她的形象所塑造。从这个方面说，陕西那所高校将校董塑成女娲和雅典娜，那算是继承传统，深得华夏文化三昧的行为——当然也可以说是拾古人牙慧无足称道耳。

将人塑造成神，是想让人借神的荣光和神威，更容易让人俯首膜拜。但奇怪的是，有许多宗教其实是反对造像的。早期的基督教正是如此，《摩西十诫》第二条，赫然便是"不可为自己雕刻偶像，也不可做什么形象仿佛上天、下地，和地底下、水中的百物。不可跪拜那些像，也不可侍奉它……"后来因为他们其中有人做了只金牛跪拜，上帝一怒之下，三千百姓还因此被杀。原始佛教虽然不像这样极端，但是也明确反对造像。《金刚经》中说，"若以色见我，以音声求我，是人行邪道，不能见如来"，又说，"不可以身相得见如来"，只是后来一切都变了。基督教且不说，为佛造像甚至成为我国历史上一些王朝财政困难的一大原因，因为大家都认为，给佛塑金身，越贵重越高大，才越虔诚，于是大量贵金属就被无谓消耗。

以教徒来说，这样的心理也无可厚非，毕竟，信仰总要有个物化的寄托，不允许偶像崇拜这样的教义怪不得日渐被世俗修改或遗忘。然而，现代社会讲究人人平等，也警惕个人崇拜。陕西那所高校说是考虑不周，布吕尼也要解释，雕塑不是我，我只是它的模特——这话我信，现在只有极少数国家才会为大人物塑个几十米的像呢。

辩 驳
雄辩和诡辩一般，都和事实无关

前几天，日本名古屋的市长又出狂悖之言，声称南京大屠杀不存在。这样的新闻我们见得多了，可还是难以理解为什么有些人捂住眼睛就敢说世界是黑暗的。也许，他们所相信的，是谎言重复一千遍就成了真理，是诡辩创造历史，只是他们忽略了，像这种死抠字眼偷换概念的讲理方式，却是我们多少年前就玩剩下的——春秋战国，名家是百家之一，其中个顶个都是诡辩高手，"白马非马""飞鸟不动"，都是著名案例。然而，名家的论述，终究只限在学术的领域内，而不是为了在现实生活中混淆黑白。重要的是，在现实生活中，不用说诡辩，就算是雄辩，也起不到什么实质作用。孔圣人高足。纵横家祖师爷子贡，周游列国游说一番，即存鲁，乱齐，破吴，强晋而霸越，固然子贡言辞犀利，但究其实质，还是形势使然吧。

再说一件宋初的事。宋太祖赵匡胤要征伐南唐。南唐后主李煜就派当时天下闻名的大名士徐铉来求和。徐铉说，唐在南，宋在北，中间隔一条长江，我们又没惹着你们，你们为何要来打我们？我们国主对你赵匡胤又非常恭谨，简直像儿子对老子一样，你们何必非要打我们？兵戈一起，生灵涂炭，你赵匡胤常以仁德自诩，怎么忍心见百姓受苦，所以实在不该打我们，等等等等。理直气壮，在金銮殿上就和赵匡胤反复争执起来，言辞渐渐也激烈起来。赵匡胤毕竟是武夫出身，当然是辩不过的。后来理屈词穷就恼羞成怒，直接就把剑拔出来了说，就算你们没错，我该打还要打，然后就是那句流传千古的名言"卧榻之侧，岂容他人酣睡"。徐铉再有多少话，也吓得不敢说了。本来嘛，朝廷大事，怎么会被外人三言两语左右，更何况，道理？逐鹿问鼎之时，谁拳头大谁就有道理呗。

徐铉好赖还是辩赢了的，仍然于事无补，如果辩输了，结果就更可想而知了。话说春秋之后，中国最爱辩论的一群人——按道理好像最不可能——是大和尚们，平常的时候，他们与世无争不争强好胜，一碰到经义，那就成了理不辩不明话不说不透的典范。玄奘大师西游，和印度高僧曾经连续辩论十八天，不仅是脑力活儿，更是体力活儿啊。

话说东晋有位大德竺道生，因为"一阐提（断善根的人）能不能成佛"和整个佛学界起了争论。可惜的是，道生是从佛理上推断，一阐提也能成佛，却没有经义原文的支持，辩论起来自然论据不足，所以大家一致认为那是邪说，被赶出了国都建康，再不许人听他说法。逼得生公没办法，只好讲给石头听。也只有石头认为他说得对，居然点头称是——这又是一句成语，"生公说法，顽石点头"。后来，从印度又传回经书，明确说一阐提也能成佛，这才使得道生大师冤屈得雪。

但在佛光笼罩的世界里，不论道生辩论的结果是赢是输，一阐提就是能成佛。就如同在我们的世界里，不论日本那市长如何说，南京大屠杀就是侵略者铁一般的罪恶。辩论只是言语的交锋，和真理真相无干。如果碰上无视事实和你胡搅蛮缠还美其名曰辩论的，其实有更好的方法应对：

有个势利和尚，碰上达官贵人才殷勤招待。有次见了个穷秀才，爱理不理的，秀才就有点不高兴。和尚一副高深的样子，说，我理你就是不理你，不理你就是理你。秀才举起手杖当头便敲，我打你就是不打你……

——懂了没？这个故事告诉我们，碰上和你不认账玩诡辩的，别废话了，一棍子抽过去。

獭 怪
猥琐的是人不是妖

中国的传统中，重视万物生灵，有一条可资说明，就是在《西游记》中，太白金星所说，"凡有九窍者，皆可成仙"，就是说虽然堕在畜生道中，老天还是会给你一线化形成人乃至登仙的希望。这种思想到了民间，就会产生许多妖怪的传说故事。最有影响的龟鹤狐猿、猫鼠狗牛等看着就有灵气或和人类关系密切的动物，东北乡下，至今有崇拜"胡黄白柳灰"五仙的习俗，无非是狐狸、黄鼠狼、蛇、刺猬和老鼠，另外，因寿命长久，人们想当然它会有几分灵异的树木也是一大类。

今天讲一个不常见的精怪故事。

应该是南朝宋时候，东平郡有一人叫吕球，家中饶有财富，自己也长得帅气，有一年他旅行至曲阿湖。曲阿湖在今天江苏丹阳境内，我们今天不认为它有什么了不起，但在古人眼里，也属于那种"人生不可不去的十大景点"之类。因为曲阿湖原来也应该是气蒸波撼浩浩汤汤的样子，但在秦朝时有术士和秦始皇说，这地方有王气，秦始皇就凿山毁貌，将它变得弯弯曲曲，后来就名为"曲阿"。东晋时的大名士、大才子、大帅哥谢万也来过这里，并留下了"（曲阿湖）故当渊注渟著，纳而不流"的名句。所以吕球游湖，一是赏景，一也是后来帅哥对前辈帅哥的追怀。

游着游着，风起了，船不能行，就临时停泊在长满水草的岸边。正在这时，看见一个乘船采菱的少女。奇怪的是，这少女满身的衣服似乎是荷叶做成。吕球就问道，你是不是鬼啊，怎么穿成这样。少女回答他，你没有听说过"荷衣兮蕙带，倏而来兮忽而逝"这句话吗？

"荷衣兮蕙带，倏而来兮忽而逝"，出自《楚辞·九歌·少司命》，用来形容那位司职人间子嗣之事的女神少司命风姿。当此时，湖水微澜，菰草摇摆，一个俊朗的男子，面对一个漂亮奇异且有文秀的少女，该是一幅多么美的场景，按正常的逻辑，至少会留下一段可资回味的记忆。

但是，这场景马上变得诡异而血腥。少女回答完这句话后，许是看到吕球的神色还很戒备，自己也不由得害怕，就掉转船头，逡巡而去。更煞风景的是，吕球拿出弓箭远远射去，射中了，近前看，却是一只獭。她（它？）乘坐的船，也是苹蘩蕴藻之类的草叶制成。吕球又见一老妇人站在岸侧，问，你从那边来，刚才看见一个采菱的女子没？老妇人说，近在眼前。吕球随即又拿起弓箭射去，原来那老妇竟是只老獭——先杀女，再杀其母，吕球的心是够狠的。我突然想起了三打白骨精的孙悟空。但这两只獭像白骨精一样有取死之道吗？

听居住在湖边的人说，我们在湖中常常能见到这个容色过人的采菱女，有时还上岸到人家里，大家和她关系都很好。（居湖次者咸云："湖中常有采菱女，容色过人，有时至人家，结好者甚众。"）

野史笔记素来不做是非善恶的评判，但并不是说没有皮里阳秋。看湖边人的说辞，一句"结好者甚众"，明明是嫌吕球多事——这么好看的女子，管她是人是妖，反正她从来没害过人，你又何必摆出除魔卫道的样子？所以照我看来，吕球尽管也是帅哥，但和谢万的雅致相比，有如云泥。

稍可奇怪的是，獭的样子我们都见过，憨笨重拙，怎么幻化成人，却是美丽灵秀能背出《楚辞》的女子？按佛家的说法，这得积攒多大的功德？更可奇怪的是，獭一修炼成人，大多数都会变成美丽的女子。

看看下面这个故事。

和吕球差不多同时，河东人常丑奴寓居在章安（今浙江省椒江市），以采蒲（草本植物，用来制作席子等器具）为业，白天雇一个小孩儿帮他拔蒲，晚上就独自睡在田边的空房里。有一天黄昏时，看见一个容姿殊美的女子乘一小船，载着满船的莼菜请求借宿。莼菜，就是《诗经·鲁颂·泮水》中的茆菜，所谓"思乐泮水，薄采其茆"，和欢乐的少女本来就有渊源。常丑奴就开始调戏她，吹灯睡在一起。但发现那女子有种腥味，而且手指很短，心下警觉，怀疑她是妖魅。这女子觉察出他的心思，便要求离开，一出门又变成獭。

——你看，善良的獭怪，即使遭人嫌弃，也只是默默离开，不会起一些害人的心思。而且说句实在话，那个采蒲的粗鄙男人能配得上这位采莼的秀丽女子吗？

见 识
聪明的人，在什么时候都聪明

谢肇淛，字在杭，福建人，是明朝万历年间进士，最后官至广西右布政使，大概相当于今天的副省长。天启四年（1624），谢副省长死于任上，年仅五十八岁，虽然在他那个年代已经不算低寿。在谢副省长近三十年的仕宦生涯中，大多担任技术性官员，在工部都水司任郎中时，还曾著《北河纪略》，"具载河流原委及历代治河利病"（《明史·谢肇淛传》）。另外，作为那个时代的典型士人，他也有诗文集传世。

谢肇淛有一个突出的特点，就是记忆力好。其墓志铭说"强记诵，过目不忘"，行状说："警敏非常……诵诗书一目辄能记忆"，也许因此而能博览群书，"于学无所不窥"（《长乐县志·谢肇淛传》）。他的笔记《五杂俎》大概就是读书之余偶见偶得。

但这并非就说《五杂俎》是谢肇淛无关紧要的著作，虽是杂陈，但条目有序，其中自有深义。书分为天、地、人、物、事五部分，意图通三才、总九流，包罗万象，当时的大学问家李维桢给他做的序也说书"广大悉备，发人蒙覆，益人意智"。

现在再看这本书，已经不会认为他还能够起到"发人蒙覆，益人意智"的作用了，但一条条读下去，还是能够全面地了解中国15世纪的文明——考虑到谢肇淛的地位和他在士人中的影响，还得说，那是较高层次的文明。不过四百年后，我们无疑可以用居高临下的姿态对这本书做出评价——这里面既有确定的知识，也有模糊的揣测，更有些似是而非的迷信掺杂其中，比如说，"雷之击人，多由龙起"，在今天，哪怕是上小学的孩子，也不会这么认为了。又说，"雷声者，阳气之发也，收敛之物，触之辄变动"，即使我们不晓得他说什么，也足以引发哂笑了。

因为这本书多次提到女真，并以"建酋"称之，到了清朝，军机处奏请销毁，所以三百年间，这本书几乎消失，中国所藏仅十来部，还不敢示人。但东邻日本很喜欢谢肇淛，有很多他的作品又回流回来。我不知道日本人看重的原因，以日本人的精明，想来也不会是因为其中迷信虚玄的内容。以我猜测，这本书不仅是当时中国的"百科全书"，其中"益人意智"更是不少。

地球是圆的，陆地被海水包围，海洋占地球面积的71%，这是今天最普遍的知识，但四百年前，国人大多还是相信天圆地方，而中国在世界正中。但谢肇淛说：

> 海外诸国，如琉球、日本之类，皆海中，非海外也。北方沙漠之外，不知还有海否？若果有之，则中国与北虏亦在海中矣。水土合而成地，大段水犹多于土也。

这个无限接近事实的论断，是谢肇淛坐在书斋中，仅凭推理得出来的结论，没有任何可以参考的东西（万历年间，意大利传教士利玛窦来华，带来了世界地图和地球仪，但只在很小的圈子里传播，谢知道利玛窦来华，但与利玛窦并无交往），读到这里，我开始佩服起谢肇淛来，以我看来，他得到这个结论的难度，几乎相当于霍金思考宇宙的起源。

文 身
有刺青的一定是坏人吗

对于文身的记忆，三十岁上下的人几乎都会想起"岳母刺字"的故事，"精忠报国"四个字也通过连环画而广泛流传，并被老师们拿来做爱国主义教育。吊诡的是，历史和现实永远会有冲突，假如有个孩子因此要求他的母亲也给他刺几个字，哪怕是"好好学习，天天向上"，也会招来一顿呵责。因为在那年月，没有一个好孩子或者是正经人会在自己身上刻字画画。这就好比我们都学过《从百草园到三味书屋》，鲁迅可以在自己课桌上刻个"早"字励志，而我们假如照猫画虎，肯定会被批不爱护公物。从那时候起，我们都想进入历史，因为只有历史是宽容的，它会把一切离经叛道的东西视为正常。

就好比文身。

即使在古人来说，文身也不是正常人所应该有的。《史记》中记载，周太王的儿子吴太伯觉得自己不如弟弟，于是"乃奔荆蛮，文身断发，示不可用"，就是说，我要去当野蛮人，不会再与其他人争王位。从此就有了吴国，《春秋谷梁传》中说，"吴，狄夷之国，祝发文身"。当然，狄夷，素来被文明的中原人瞧不起。在世界各地未开化的人群中，都有文身的习惯，比如澳洲土著和拉美的印第安人。不过，非洲人就比较少，原因很简单，因为他们肤色较深，文上也看不见。

既然文身是野蛮人的特色，那么对于一个在文明世界中犯罪的人，给他刺点字，就意味着他被驱逐出正常的社会。这正是墨刑的由来。从春秋一直到明清，墨刑始终存在。《水浒》中，豹子头林冲就被"刺配沧州"。而武松因为两进宫，更被刺了两行金印，如果不是假扮头陀用长发遮掩住了，试想一下，对这样一个凶犯，谁不退避三舍。五代末，乱世动荡，入军行伍的人朝不保夕，逃兵自然很多，所以从后晋起，当兵的人都要脸上刺字。宋朝名将狄青，从小兵一直做到枢密使，脸上的字始终没去掉。皇帝说，现在做了大官，就洗了吧。狄青说，为了激励军心，让他们勇于奋进，就不用去掉了。狄青脸上的刺字成为荣耀，但不是所有人都能从小兵成为将军，所以，一般来说，脸上刺字，还是个耻辱。

环球同此凉热，西方世界，从古罗马的罪犯和奴隶，到19世纪美国的释犯，再到英国的逃兵，都会给他们文身。从这个意义上说，人类的创造力真是不怎么地。

来自文明世界的人看到原始部落居民身上的文身，总是会感叹古老艺术的精美。可没人想过，尽管文化还落后，人总是知道疼的，没人会没事干在身上刺着玩儿，实用性仍然是第一位的。有些人类学家说，文身的图案很有可能是本部落的图腾，这就是他们的身份证。金庸小说《天龙八部》中，丐帮帮主乔峰因被疑是契丹人而要被迫下野，阴谋的策划者全冠清拿出了一个有力的证据，乔峰胸前文了个狼头。乔峰的死忠派说，江湖好汉文身的所在多有，这算不得什么。全冠清说，文身当然平常，但文狼头的，普天下只有契丹萧太后一族。如此一来，大家无从反驳，乔峰就只好变成萧峰。还有一层用意，一男一女相会在广袤的草原上，情动于中，慢慢靠近，突然发现，文的是同样的狮子，于是就此黯然分手——对，这就防止了近亲通婚，不要以为原始人就不懂优生学。另外，《淮南子》中说，"九嶷之南，陆事寡而水事众，于是民人被发文身，以像鳞虫"，因为"水事众"就要"文身"，很难理解吗？事实上，这是保护色。如果一个人全身上下都文上鱼鳞蟒纹，这样下水，也许会被水族动物看作同类从而免受其害。

文身从实用性到艺术性，走过了漫长的道路，我们也无法知道，第一个敢于吃螃蟹的人是谁。但从常理推测，任何时代任何地方都会有个性的人存在，有把艺术看得重于生命和名声的人存在。这来自野蛮社会中的粗犷的艺术形式——文身，无疑会吸引许多特立独行的人。至少我们现在知道，到唐朝时，敢于把自己皮肤当作画布的人就有很多了。唐朝的笔记小说《酉阳杂俎》中记载，荆州有个叫葛清的人，全身上下都文满了以白居易诗为意的画，被人称为"白舍人行诗图"。还有个姓张的人更个性，左臂上文"生不怕京兆尹"，右臂上文"死不畏阎罗王"，很可惜，当时的京兆尹不懂得欣赏，或者愤怒于对自己权威的蔑视，竟然杖杀了他。同时，对文身也严厉禁止，轻则炙灭，重则杖杀，对文身艺术是一个毁灭性的打击。

幸好，文身艺术的生命力要比想象的强得多。到五代宋朝后，大家都习以为常。《水浒》一百零八条好汉，其中花和尚鲁智深，并不是说他常强抢民女，而是满身刺花。九纹龙史进，顾名思义，是文了九条龙。更值得一提的是，《水浒》第一文艺青年浪子燕青，文能唱曲吹笛，武会摔跤射弩，尤其是"一身雪练也似白肉"，"绣了这身遍体花绣，却似玉亭柱上铺著阮翠"，"由你是谁，都输与他"。连皇帝的二奶李师师也要意乱神迷。书中写道："李师师看了，十分大喜，把尖尖玉手，便摸他身上。"唬得燕青赶忙认了姐弟，止住了对自己的性骚扰。

换个角度，梁山好汉都可以看作帮会分子。也许是今天的黑社会从那里获得灵感，港片中的帮会分子都有文身。刘德华、梁家辉主演的《黑金》中，有一个场景，是帮会分子聚会，满满一泳池的黑社会，个个文身，争奇斗艳，左青龙，右白虎，老牛在腰间，比人体彩绘还有看头。也许就是这个原因，导致我们的父母对于文身深恶痛绝。从有坏人文身到有文身的都是坏人，虽然不合逻辑，但竟然也就此推导出来，但又有谁能知道他们的苦衷。香港影片《古惑仔》中，黎姿扮演的小结巴问郑伊健扮演的陈浩南，你们小混混为什么都要文身。陈浩南说，小混混们打打杀杀，不定哪天就被砍成几段，有了文身，收尸的时候也好认清谁是谁。这就好比美国独立战争时期，大家今天还是农民，明天就要上战场，炮弹炸响，血肉横飞，断臂残肢，也只有文身才能分辨谁是汤姆谁是杰瑞——唉，外表看着嚣张，谁知道其中悲凉啊。

到20世纪90年代初，大陆的文身行业并未兴起，一无设备二无技术，某些人全凭胆大脸厚，只靠自己摸索，文的龙像爬虫，文的剑就是尖头棍子，写个"忍"字"雄"字也歪歪扭扭毫无章法，既无美感，更没档次，让许多真正献身文身艺术的人就此却步，更坐实了"坏人才文身"的罪名。

如今风气日开，家长不再对文身谈虎色变，专业的文身小店也涌现出很多，时髦的年轻男女都将自己造型独特含义丰富的文身秀了出来，用套话说，成了都市生活一道靓丽的风景线。刚结束的奥运会，观察运动员们的文身也是个新奇的看点，并且，得他们之力，文身终于只和品位、情感、文化有关，而不再和道德品行挂钩。唯一遗憾的是，三十郎当岁的人，再去赶这时髦，总是会有些别扭，只能以艳羡的眼光去欣赏了。

六　如

别人笑我太疯癫，我笑他人看不穿

　　唐伯虎，名寅，号六如居士。受周星驰所演的《唐伯虎点秋香》影响太大，几乎忘了他人生很悲惨。有阵天涯有人写《霉星高照唐伯虎》，又想起这事了。于是，也想起他的号"六如"来。

　　六如，出自《金刚经》，"一切有为法，如梦幻泡影，如露亦如电，应作如是观"。年轻时候读书不认真，记住这四句，也全因顺口，要装蒜的时候，能很快背出。也从没有想过，这就是"六如"，以为是"四如"，梦幻、泡影、露、电。其实，梦和幻，泡和影毕竟不是一回事。

　　这四句在《金刚经》中非常重要，"随说是经，乃至四句偈等，当知此处，一切世间、天人、阿修罗，皆应供养，如佛塔庙，何况有人尽能受持读诵"（也有人说四句偈是"凡所有相，皆是虚妄，见诸相非相，即见如来"）。

　　六祖慧能，听见有人诵读《金刚经》而悟，我当然没有这样慧根。昨天看见这四句，也只不过心下一动。如果放到金庸的书里，就是"某一日风雨如晦，杨过心有所感，当下腰悬木剑，身披敞袍，一人一雕，悄然西去"。杨过心有何感，我又心动什么，都说不清道不明不可思议，就是"如此"而已。

苏东坡有诗，"人生到处知何似，应似飞鸿踏雪泥"，有人评论说得到这四句偈三昧，如果让禅师来评价，估计还只能得到四个字，"不能见性"。因为飞鸿踏雪泥，印迹点点，虽然很浅，也不能说这爪印不存在。但四句偈里，梦、幻、泡、影、露、电，这些东西是真实存在的吗？睡觉做梦，醒来便不能说得周详；海市蜃楼，可见而不可达；泡，水面上涟漪处处，随起而随消……影、露、电，亦复如是。说是真有，就是骗自己。但说没有呢，也不见得。比如，《倩女幽魂》里，宁采臣走进小倩幻化出的亭台楼阁，你告诉他，这儿什么也没有，不外野坟枯冢，他信还是不信？《西游记》里，尸魔变老人美妇，连唐僧都看不出，似乎也不能说没有。

那到底是有还是没有，佛家说，不是有，也不是没有，是假有。狡辩？后来的西方哲学也有这样的命题，无，也是"有"。有什么呢，"无"。

佛告诉你，一切有为法，世界上一切事物和现象，都是"假有"，但人们把"假有"视为"真有"，于是"妄认四大为自身相，六尘缘影为自心相"。地水火风构成你的身体，但你的身体却不是地水火风，眼耳鼻舌身意，是你了解世界的工具，但这些却是"六贼"，它们交互作用，在你心中投影，让你为之喜怒哀乐，单依靠这些，又误导了你，因为这些东西都没有自性，不能长久。缘来则聚，缘去则消。四眼田鸡说得也对，"就像天上的浮云一样，风一吹，就散了"。如果缘来则喜，缘去则悲，于是患得患失，就堕入了下乘，为有道者所鄙。甄士隐注《好了歌》，"乱哄哄你方唱罢我登场，反认他乡是故乡"，也是此意。所以《心经》中要说，"以无所得故……心无挂碍；无挂碍故，无有恐怖，远离颠倒梦想，究竟涅槃。"佛家看来，学佛的目的，是"摩诃般若波罗蜜"，大智慧到彼岸。彼岸才是故乡呵。就如同基督教说，人都是迷途的羔羊，或者说，都是从伊甸园被放逐出来的，需要救赎才能回到家乡。

佛家认为人不需要救赎，渡苦海，到彼岸要靠自己。而怎么样到彼岸？《金刚经》的全名已经给你提示了——《能断金刚般若波罗蜜经》，你要有大智慧，能断一切妄念，能断一切俗缘，见心明性，成就无上正等正觉，"阿耨多罗三藐三菩提"。

一切的前提，先得抛弃假有，认识真有。"一切有为法，如梦幻泡影，如露亦如电，应作如是观"，都是假有，哪个东西才真有呢？禅宗的话头说，"那个东西"就是真有。

不要再问我"那个东西"是什么了。

聪 明

魏征到底没有聪明到底

古来君臣遇合,周文王姜太公、刘玄德诸葛亮而下,首推唐太宗和魏征。魏征本是李建成的人,任太子洗马(太子侍从官),见李世民势大图远,还几次劝李建成先下手为强。玄武门之变后,被李世民收服,从此一心一意为李世民创基守成。魏征死后,李世民曾说过一段非常著名的话来论说他们俩的关系:"夫以铜为镜,可以正衣冠;以古为镜,可以知兴替;以人为镜,可以知得失。朕常保此三镜,以防己过。今魏征殂逝,遂亡一镜矣!"

魏征最后做到宰相一级的官职,但在历史上留下的还是一个敢于直谏的形象。当然,不管是碰上昏君还是明君,敢直谏的人总是很多,甚至,碰上昏君,在历史上正直敢言的名声还会更大一点儿。比如最早的关龙逢和比干,已经成为谏臣的偶像和标杆。魏征的幸运之处在于,他伺候的是一个以虚心纳谏闻名的君主,然而仍然成为堪与关龙逢和比干并列的谏臣。

另外一个值得注意的事实是,李世民的朝堂里,敢谏、善谏的人着实不少，几乎每个朝廷重臣都有过谏诤的记录，所谏诤的内容和难度，也不见得就比魏征来得更狭窄和容易，但贞观第一谏臣的荣誉，还是落在了魏征的头上。而且，这不是说李世民更喜欢魏征，相反的，李世民可能更讨厌他。有次魏征惹毛了他，他回去对长孙皇后说，一定要杀了那个乡巴佬。我相信，夫妻之间的私房话可能会暴露自己的真实想法。这比他在众人面前说的，"人言征举动疏慢，我但见其妩媚耳"，要更可信———那只不过是种别出心裁地夸赞和鼓励其他臣子谏诤的方式。

不喜欢魏征，还要做出喜欢的样子来，真是难为了李世民，也许他真是个虚怀若谷的人，但我想，他也有不得已的苦衷。天下人都知道，李世民是用一个可疑的借口，杀了唐王朝的法定继承人、自己的亲哥哥而登上皇位的，这在古代叫作"得位不正"。要显示天意所归的样子，除了将唐王朝发展壮大外，还得以博爱的胸怀把所有人都视作当然的臣子。前者，我们看到了"贞观之治"，后者，他树立了魏征这样一个榜样：你们看，他当初是跟朕作对的人，现在也时常惹得朕不高兴，但朕是多么英明和宽容啊，不仅认真听他说的话，还给了他荣华富贵……

魏征是个聪明人，他比任何人都明白这一点，所以他敢说且必须去说，而且，他深深地知道，惹得皇帝越不高兴，他就越安全越受宠。更聪明的是，他从不掺和李世民的家事，连让他做挂名的太子太师也万般推辞。他知道，他是股肱之臣而非心腹之臣，有些话，还是让李世民真正的"自己人"长孙无忌、褚遂良等人去说吧。

魏征死前，李世民把自己女儿嫁给他儿子，死后还亲自写了碑文。再后来，魏征曾举荐过的人犯了事，再加上听说魏征把自己的谏诤事迹告诉了史臣，李世民大为光火，立刻停婚扑碑。前一件事，可大可小，后一件事，却是真正触了龙鳞。其实，李世民远非表现得那样宽宏，在他看来，魏征这是扬君之恶、褒己之善，其心可诛。魏征，到底没有聪明到底啊。

B 面
光辉人物的不光辉事迹

有些时候，看书也谈不上是一件十分愉快的事情。比如说，你发现你所崇敬的人，居然有你所厌恶的一面。

王羲之，是人所共知的"书圣"。据说，古时候有个人乘船回家，载着他的大部分财产和《兰亭序》一件珍贵的摹本。船失事了，那人从河里侥幸生还，摸了摸怀揣的摹本，只说了一句：兰亭尚在，余不足问！

即使在王羲之生活的那个年代，他也令誉卓著，且不单单是因为书法艺术的杰出。当时的名臣大佬，如大将军王敦，对王羲之说，汝是我佳子弟，将不减阮主簿（不会比阮籍差）；如中军将军殷浩说王羲之"清鉴贵要"（大概是说他看人看事很准，地位尊贵，处事简约）；还有人说他气质"飘若游云，矫若惊龙"（也有种说法这是形容他的书法）。

这些都出自《世说新语》，如此之类的言辞，在我心中留下了王羲之有如轻云霁月般光彩的形象。但可能看书看得不细致，日前又发现了另一则关于王羲之的轶事。

王羲之一向轻视王述，但人家越老名声越大，让他更不痛快。王述任会稽内史（类似于市长）时，丁艰（父亲或母亲去世）在家，王羲之恰是继任者，按道理应该上门吊唁，于是屡次说要去，可就是不去，放了王述好多回鸽子。更可气的是，有次终于去了，主人家都开始哭了，王羲之却转身走了——这不是欺负人吗？和魏晋洒脱磊落的风度可没关系。

因为这，两人嫌隙更大。没多久，王述被委任为扬州刺史，成了王羲之的顶头上司。王羲之能干吗？回头就派人去朝中操作，想把会稽从扬州分出来，单独列州。军国大事，岂是儿戏，朝廷没同意，唯一的结果是王羲之成了笑柄。当然，王述心里更不舒服了，新仇旧恨加一块儿，找人查王羲之种种不法事，也就是整理王羲之的黑材料啦，摆在王羲之面前，让他自己看着办。没办法，王羲之只好装病辞职，余生就在又羞又气又愤怒中度过。

再捎带说一句王述，也是魏晋大名士，有的史料中记载"述道体清粹，简贵静正，怡然自足，不交非类。虽群英纷纷，俊乂交驰，述独蔑然，曾不慕羡"，这种夸法，放追悼会上规格也够高了。

可就是这样两个人，却演出了这么几出丑剧。王羲之固然不对，王述也高尚不到哪儿去，对不起"魏晋风骨"那四个字，更对不起时人、后人给他们的种种赞誉之词。

然而，我们所有的对古人、名人的印象，仅仅是我们以为，其实压根儿不是那么回事。或者换种说法，没有谁比谁更高贵，古人、名人身上的光环，本来只是我们理想的投影。

游 戏
有谁和你做过这样情意绵绵的游戏吗

上过中学的人都学过一首诗,晚唐诗人李商隐的《无题》(昨夜星辰):

> 昨夜星辰昨夜风,画楼西畔桂堂东。身无彩凤双飞翼,心有灵犀一点通。隔座送钩春酒暖,分曹射覆蜡灯红。嗟余听鼓应官去,走马兰台类转蓬。

这首诗很著名,尤其是"身无彩凤双飞翼,心有灵犀一点通",已经成为经典名句。但小时候学的时候,老师讲,诗的第二联是说种游戏,然后再没解释什么。所以我们很不明白,怎么就"身无彩凤",怎么就"心有灵犀"了,最后怎么就那么消沉伤感了?

要我是现在的老师,我一定会给学生们讲,李商隐诗中,说到两个游戏,都属于猜谜的游戏。

第一个游戏叫"藏钩"。钩,是妇人们佩戴的戒指、圆环一类的饰物。周处《风土记》中记载：腊日饮祭之后，叟妪儿童为藏钩之戏。分为二曹，以较胜负。若人偶即敌对，人奇即人为游附，或属上曹，或属下曹，名为"飞鸟"，以齐二曹人数。一钩藏在数手中，曹人当射知所在……

大意是指，把参加游戏的人分为两队，如果人是偶数自然好说，如果人是奇数，有一人既可以在这一队，也可以在那一队，被称作"飞鸟"。然后把戒指、圆环之类的小物件藏在某人手中，让另一队的人来猜。从李商隐"隔座送钩"来看，似乎被藏的东西还可以悄悄转移。这个游戏，考验的主要是"弄虚作假"的能力，钩在自己手中的，偏偏要安之若素，不在自己手中的，偏偏要大声呼喝，故弄玄虚，吸引并转移大家注意力。而猜的人，就要在形形色色的人中，仔细分辨出谁是打掩护，谁才是那个握钩的人。

这个游戏起源的时间非常早，据说和汉武帝妃子钩弋夫人有关。钩弋夫人姓赵，生下来六年手还握着。汉武帝去了她家，才给她展开，手里面就藏个玉钩。以后逐渐演变为藏钩的游戏。

第二个游戏叫"射覆"，就是把一个东西盖起来，然后让人们猜。这个游戏比较高级，因为很多时候得用卜筮的方法。虽然不知道起源于什么时候，但在汉武帝的时候，已经通行于上流社会。《汉书》中记载，汉武帝一次"置守宫盂下"，让大家猜，没人能猜对。东方朔说"乃别蓍布卦而对曰：'臣以为龙又无角，谓之为蛇又有足，跂跂脉脉善缘壁，是非守宫即蜥蜴。'"一下子就猜了出来。《西游记》也有这样的情节。唐僧师徒过车迟国，与三大仙赌赛，其中鹿力大仙提出要"隔板猜枚"，想来就是"射覆"的一种。说到这儿，想起来，王后把"山河社稷袄，乾坤地理裙"放到柜中，不想被孙悟空换成"破烂溜丢一口钟"。电视剧中，编导们果然就拿出了一口破钟，其实却不知，理应是破烂僧衣，却误导了我十好几年。

知道了这两个游戏，再看李商隐的诗也许就明白了。众人宴饮，酒酣耳热，有人提议游戏以助酒兴。藏钩吧！于是有人藏，有人猜，察言观色，旁敲侧击，都在揣度钩被握在哪个人手中。正在这时，李商隐觉得自己背后有人悄悄碰了碰自己，却是自己心仪而不可接近的一位女子，看她悄悄把"钩"递到自己手里。很有可能，就是那手指间的轻轻触摸，也让李商隐心中一阵悸动，险些失色，于是赶紧抿一口酒，瞬时感到一股热流正缓缓升起，也分不清是酒暖人心呢，还是情暖人心。藏钩或没结束，又有人提议"射覆"了，一阵哄闹，谜底揭开，是李商隐藏的一件和那女子都心知的一件饰物，也许还正是刚刚那女子递给李商隐的呢。于是，那女子脸上出现了两朵红云，引来身旁女伴们的笑问。只好掩饰说，是蜡灯映的啦……

因为这两个游戏，所以李商隐才会感叹，我虽然没有翅膀，飞不到你身旁，但我们却是心意相通，而杯空人散，一夜的欢娱过后，又得面对叵测的宦海。充实与空虚，欣喜与失落，宿命的不可得与缘定的追求，就在这一个游戏中，诗人体会了百味的人生。

藏钩和射覆，这些游戏早已消失。现代的男男女女，估计也很不喜欢用这样含蓄雅致的方式表达自己的情意。即使在KTV里，对唱《月亮代表我的心》，也会被哄笑，嫌不够大胆，嫌装纯情，而有些猜谜的游戏——例如"天黑请闭眼"——我更嫌它让人心更加险恶。

不由得神往晚唐那个春天的宴会，那个情意绵绵的晚上。

情 禅
怎当他临去秋波那一转

在没有《金瓶梅》的年代,毫无疑问,《西厢记》是天下第一淫书。贾宝玉林黛玉一起看,宝玉说了句,你是倾国倾城貌,我是多愁多病身。黛玉就生气了,说宝玉说混话欺负她。黛玉对诗,用了《西厢记》中的典故,宝钗就揶揄她,还教训她不要让淫词艳曲移了性情——宝钗是对的,《西厢记》写痴男怨女最是生动不过,小儿女看后难免自怨自艾自伤身世深陷其中难以自拔,可不是"移了性情"?这比单纯的淫书"危害"还大,据说王实甫就因此遭到了报应,不能自制嚼舌而死。

话不可一概而论。一种书,千人读,各有各的况味。也许有人移了性情,但也有了从中品出另一番味道。传说,一个儒生去寺庙里玩,见禅房四壁都是绘的《西厢》故事,就问,佛门清净之地,缘何画满爱情故事?一老僧说,老衲从此得悟。儒生更惊讶了,老僧解释说,《西厢》中有一句"怎当他临去秋波那一转",我就是从这儿悟的。

故事讲到这儿,本来也完了。但偏有好事者要续貂,让老僧又解释了一番。老僧絮絮叨叨说,秋波一转,让张生不能自持,却不能让吾等心神动荡。所以我们时时看秋波一转,以坚定向佛之心。看到这儿,我想起禅宗一则公案:

> 有比丘尼问赵州从谂禅师,如何是密密意?
> 赵州禅师就捏了她一下。
> 她脸一红,说,和尚还有这个在吗?
> 赵州说,是你有这个在啊!

这个那个的,即使理解得不太恰当,但总会和男女情事有关。尼姑因身体被触,就想到赵州还有"这个"在,其实正是她心中还有"这个"。该当的境界应该像少林寺罗汉堂首座无色禅师那样,"眼中看出众生平等,别说已无男女之分,纵是马牛猪犬,他也一视同仁"。对照这两个故事,就可以看出时时不忘抵制"秋波一转"的诱惑,是多么的偏狭,着相了。老僧的境界未必那样低下。

依我看来,这句话的重心完全不在"秋波一转",而要完整地理解。僧人出家,抛妻别子,远离亲族,此之谓"去",僧人修行,勇猛精进,破六戒,斩尘缘,跳出三界,不在五行,此亦谓之"去"。但是,光是做到了"去",只能证得阿罗汉果,佛门谓之"自了汉",离菩萨的果位还远得很。菩萨,即"菩提萨埵",是音译,若意译,应为"觉悟有情""觉悟众生"。菩萨是众生,是有情,但他是觉悟了的有情,是还是要觉悟他人的有情。《地藏菩萨本愿经》地藏发愿"愿我自今日后，对清净莲华目如来像前，却后百千万亿劫中，应有世界，所有地狱及三恶道诸罪苦众生，誓愿救拔，令离地狱恶趣、畜生饿鬼等，如是罪报等人，尽成佛竟，我然后方成正觉"——这便是地藏大愿，众生度尽，方证菩提；地狱未空，誓不成佛。而观世音菩萨，全称"大慈大悲救苦救难观世音菩萨"。《妙法莲花经》说，"若有无量百千万亿众生受诸苦恼，闻是观世音菩萨，一心称名，观世音菩萨即时观其音声，皆得解脱。"不光要觉悟，要解脱，要"去"，还要"有情"才是菩萨道。

"怎当他临去秋波那一转"，"秋波一转"即是说"有情"，若是无情，便弃之不顾了。而，有情还要去，去了不忘情，才是佛法三昧。又想起《红楼梦》，脂砚斋说贾宝玉是"情不情"，出家也名为"情僧"，想想，是他证道容易呢，还是那些不闻世事、只恐沾染红尘的人证道容易呢？

再讲一个故事，《世说新语》里的：

> 王戎丧儿万子，山简往省之，王悲不自胜，简曰："孩抱中物，何至于此！"王曰："圣人忘情，最下不及情。情之所钟，正在我辈！"

诱 僧

那些个勾引和尚的公案

    小时候看电视剧《西游记》，最崇拜的是孙悟空，最喜欢的却是女妖怪——这其实就如同我的前辈看红色电影，最崇拜英雄最喜欢女特务是一个道理。当年在电视上看，女妖怪们个个风情万种摇曳多姿，培养了我最初的对女人魅力的鉴赏力。同时暗暗地为唐僧不解风情而遗憾——你就被人家勾引了又如何呢？老的是这样，小的也是这样，托塔李天王的干女儿老鼠精去勾引孙悟空，那孙猴子也忒无礼——行者暗算道："不趁此时下手他，还到几时！正是先下手为强，后下手遭殃。"就手一叉，腰一躬，一跳跳起来，现出原身法象，抡起金箍铁棒，劈头就打。对女人也要先下手为强，猴子真没风度啊。

    好在真实的历史却不是这样。真实的唐僧玄奘法师有个徒弟叫辩机，传说中就并非那样不近人情，他有个情人，是唐太宗的女儿高阳公主。可惜的是，后来事发，被唐太宗腰斩了。千载之下，不禁为之流涕长叹——唐太宗虽说也好佛，可毕竟底子太差，他可不知道，勾引和尚在佛教中亦有传统，并载于煌煌经藏。

《大佛顶首楞严经》是佛教中非常著名、地位也非常重要的一部经典，"楞严不灭，万法不灭"，而之所以这么说，是因为《楞严经》是破魔大法，为妖魔最忌惮最害怕，所以，要灭佛法，必先灭楞严。

这样的一部佛经，它的因缘却起于佛的幼弟、十大弟子之一的阿难被摩登珈女所引诱。

从佛经中看，阿难也是一个很漂亮的年轻人，和佛一样，有三十二相八十种好。文殊菩萨还夸阿难说"相如秋满月，眼似青莲花"。如此漂亮的年轻人，没有女人缘简直是不可想象的，于是就被勾引了。"尔时阿难，因乞食次，经历淫室，遭大幻术。摩登伽女，以娑毗迦罗先梵天咒，摄入淫席。淫躬抚摩，将毁戒体。"佛一看了不得了，"敕文殊师利，将咒往护。恶咒消灭。提奖阿难，及摩登伽，归来佛所"，并为之说法，才有了《楞严经》的诞生。

另外必须说的是，阿难在佛的十大弟子中，号称多闻第一，有过目成诵的本领。佛涅槃后，大家想记录佛的教导，就集结起来，由阿难背诵出来。为取信于世，阿难在每部经书开头，必先说"如是我闻"，意思是，我当初是这么听佛说的（可不是我瞎编的）。现在，我们看一部佛经，如果有这四个字，大约就可以确定这真是佛所说法了。

多闻第一的阿难，聪慧那是不必说的，但聪慧的人往往道心不坚定，易起波澜，为五音五色所惑。在《楞严经》中，佛问阿难，你为什么要跟着我出家。阿难说是因为见佛"三十二相，胜妙殊绝，形体映彻，犹如琉璃……是以渴仰，从佛剃落"。

因为见佛宝相庄严，所以立志拜佛，也只有受佛宠爱的阿难敢这么说，像我们现在学佛的人呢，顶顶不济的，也会说，"为了求心静"。这在我看来，比人做了亏心事害怕被抓所以求佛保佑还不如——至少，人家是真心的。

不过，在宗教界人士看来，阿难就离大道远得很了。宗教中的偶像虽然个个宝相庄严，但都会劝告你，你越是迷恋这个形体，你就离大道越远。道教中神仙点化凡俗，考验神仙苗子，其中一个必不可少的环节，就是看你会不会排斥丑陋的残缺的病态的躯体，能不能从这样的躯体下分辨出真正的神仙来。看出来，说明你有慧根；看不出来，对不起，我们这儿不适合你。比如铁拐李，显现的就是瘸腿乞丐的形象。这风气流传到人间，世外高人们也一个比一个影响市容。先不用说《红楼梦》中的跛足道人和癞头和尚了，连《射雕》中的大侠洪七，也是个脏兮兮的乞丐，虽然他是丐帮帮主，但用他多少代子孙洪日新的话来说，"乞丐中的霸主……还是乞丐"。即便以漂亮的形象示人，最后也会告诉你这是假象。比如观音大士发慈悲心，化身美丽的少女，以色相度人，曾嫁给马氏少年，但随即"死"去，尸体腐烂，以此告诉世人色相难以持久。

方 相

浓眉大眼的家伙也会背叛革命

方相不是姓方名相,其实是官职名。姓方名相的那位,在《封神演义》出现过,和他哥哥方弼一起,担任纣王的镇殿将军,为保护两位殿下而反出朝歌,后来归顺了周朝,死在十绝阵,封神时被封为开路神,民间也有把那哥俩当门神的。但若说两者纯然没有关系,也不见得。《周礼·夏官司马第四·方相氏》中说,"方相氏,掌蒙熊皮,黄金四目,玄衣朱裳,执戈扬盾,帅百隶而时傩,以索室驱疫。大丧,先柩。及墓,入圹,以戈击四隅,驱方良",如此,作为司马之下的属官,既驱疫鬼,又驱恶兽,和开路神的职责也有相通,说不定,《封神演义》的作者正是以此为参考才创造出这个人物。

既有此职责,所以历代举行驱疫逐鬼仪式时,方相总是要出面的。这是由官职而成为神职的典型例子。唐朝段安节所著《乐府杂录》,记载唐宫廷驱傩,说:"用方相四人,戴冠及面具,黄金为四目,衣熊裘,执戈,扬盾,口作'傩、傩'之声,以除逐也。"然而奇怪的是,在野史笔记里,却能发现好多方相为怪的故事。

《幽明录》中记载，广陵（今江苏扬州广陵区）有个叫露白的村闹鬼，每天晚上都有怪物出现，都是些丑形恶貌的东西，胆小的人都不敢经过。村里面的人既惧且怒，认为无缘无故怎么会闹鬼。有天就聚集起十几个人去怪物常出现的地方，锄头铁锹一顿乱刨，挖了一尺多，发现了一破烂的方相头——这儿的方相，可能是用木头之类所做的木偶傀儡一类的东西吧。难道就是这个东西作祟？跟前岁数大的人说，曾经有家人冒雨送葬，送到这儿，却碰上强盗，一哄而散，这个方相头就是那时候被丢在这儿，久而久之陷在路中泥里了。

《幽明录》里还有类似的故事，如有个叫王仲文的主簿，碰上了白狗所化的人形怪物，类似方相，后来竟然横死，如有个老妪，家里面屏风上突然出现了一张脸孔，极像方相，幸而此老妪心志坚定，才没有不幸发生。

《幽明录》记载的都是魏晋南北朝时候的怪事，而方相为怪，一直到清代还有发生。袁枚的《子不语》中就有这样的故事。故事的主人公，熟悉金庸小说《鹿鼎记》的人都不会陌生，就是被韦小宝提拔起来的赵良栋，他一把大胡子不算什么，难得的是真有大本事。

实际上真实的赵良栋，比小说中本事还大，平三藩，镇苗乱，功业彪炳，是清初名将中数得着的人物，后来官拜云贵总督。故事发生在赵良栋平定了三藩返回路过成都时。四川巡抚给他安排的地方，他嫌小，就要求住在废弃的按察使衙门。巡抚告他说，这里已经被锁了百多年，有怪扰人，不敢给您准备。赵良栋说，我"荡平贼寇，杀人无算，妖鬼有灵，亦当畏我"——这是想用军人的煞气镇压邪气呢。

到晚上，怪物就出来，长得就和方相神一模一样。赵良栋果然胆色过人，厉声呵斥，拔戟便刺，这怪物就一退再退，但就是不消失，随从的家丁兵士也被惊起，大家一起把他赶在中堂，这怪物嬉皮笑脸地好像要负隅顽抗一样。家丁们就有点害怕，不敢上前，又是赵良栋，大骂，世界上哪有你这么厚脸皮的妖怪！一戟就刺中了怪物的腹部，只听得膨亨有声，身体头脸就没了，剩下两只金眼贴在墙上，睒睒放光。家丁兵士们一拥而上，刀砍枪刺，金眼化为满屋火星，到天亮才完全消散。

为什么本来驱疫逐鬼的神，他的形象却每每被邪祟所附（也许本身就变为邪祟了）？应该唯恐避之不及才对啊。古人理解不了，发现一件就当特别的例子记下来。若是在今天这个慈善公益变成黑洞，官员动辄"落水"的时代，就觉得没什么了不起了。以今推古，我想不是方相没能"拒腐蚀永不沾"，和邪祟同流合污，就是不满自己责大官小，"玩寇自重"，养几个邪祟向上邀功呢。

艳 福
天上掉下个林妹妹

这个故事不知道发生在什么时候。辽东——也就是今天东北那圪垯,有两个人是好朋友,一个叫马仲叔,一个叫王志都。马仲叔先死,但有一天突然就显形了。虽然人鬼殊途,但王志都也不会害怕,估计老朋友相见还很欣喜。就听见马仲叔说,我不幸早亡,但时常想念你。而且老记挂着你还是剩男,今天特意来为你找了个老婆。你等着,到某月某日就给你送到家来。你只管准备好结婚的事就成了。

到那一天,王志都悄悄地准备了洞房。突然就刮起了大风,飞沙走石,吹得白天就和晚上一样。到傍晚风才停下来。洞房里的红帐突然就飘动了。王志都拉开一看,发现里面居然就躺了个女人,长得不用说,漂亮极了。这事太诡异了,天上突然掉下个美女来,谁知道是祸是福?谁也不敢上前。王志都还明白两三分。一会儿,美女苏醒了。王志都就问她姓甚名谁等等。美女说,我是河南人,父亲是清河太守。正在出嫁呢,不知道为什么一阵风就把我刮到这儿了。然后王志都就说我有个朋友如何如何。这美女说，看来是天意让我做你妻子啊！（明明是鬼意好不好？）就这样真的做了夫妻。稍后还回娘家，老丈人也没反对，对这样的天作之合也很高兴。再后来，这两人还生了个出息儿子，官儿做到南郡太守。

这个故事收在刘义庆的《幽明录》里，我见过一个现代的选本，把这个故事叫"鬼媒"，但我觉得，这个故事更应该叫"友谊地久天长"，为了解决朋友的终身大事，愣把一个大活人从河南吹到东北，这是一种什么样的品格啊——对了，从这个故事中还可以看到，东北人讲义气，那是由来有自啊。

天上掉下个林妹妹，这种艳福不仅仅是东北的那位王志都先生，就是牛郎、董永那样的老实娃也会抓住。有人认为，是个男人就不会放过。但还真不一定。

京口那地方有个叫徐朗的人，家里甚是贫寒，常常在江边拾柴度日。有一天就看见江上驶来一支船队，朝着徐朗就停泊下来了。船上的贵人派人和他说，"天女要做徐朗的妻子"——这和牛郎董永的故事很类似吧，我就不知道穷屌丝们有啥好，仙女一个个要上赶着嫁。但这徐朗身在福中不知福，躲在屋角吓得不敢出来，他妈他哥他妹一顿劝，才勉强出去。然后就被人接到船上，又是洗澡又是更衣，打扮一番带到女子跟前，但这位徐朗，除了害怕就是害怕，跪在床边一句话也不敢说，更不用说做夫妻了。强扭的瓜不甜，仙女也是讲道理的，把给他的衣服要回来后就打发他回去了。好好一个脱离苦海的机会就这样没了，全家这个埋怨啊。徐朗慢慢也回过味来了，每天活在懊悔之中，长吁短叹,没多长日子就死了。

要不然就从了,要不然就耿气下去。先抗拒再后悔,活该穷死。

雅 集

大宋最后的闲适岁月

大宋元祐初年（1086），在地方官任上的苏轼被召回京城，担任中书舍人、翰林学士知制诰等职。旋即在周围聚拢了一批当时的文人，饮酬唱和。有些时候，聚会就在英宗的女婿、当时皇帝哲宗的姑父、驸马都尉王诜家举行。王诜家有座花园叫西园，假山曲水、亭台楼阁，靡不殊妙。也许在元祐某年的一个春日，王诜又邀请苏轼来西园做客，同时受邀的还有苏辙、黄庭坚、秦观、米芾、李公麟等十四人，都是当时闻名遐迩的才子名士。文人的聚会，除了吃吃喝喝，不免要写字作画、吟诗唱曲，享些雅致闲适的快乐。之后，大画家李公麟就将这一番景象描摹下来，名为《西园雅集图》，大书法家米芾随之作了《西园雅集图记》，其中昂然宣称"自东坡而下，凡十有六人，以文章议论，博学辨识，英辞妙墨，好古多闻，雄豪绝俗之资，高僧羽流之杰，卓然高致，名动四夷。后之览者，不独图画之可观，亦足仿佛其人耳！"

果然，"西园雅集"向来与东晋时王羲之等人组织的兰亭会相提并论，称为古代文化的盛会。文人仰慕钦羡之下，也喜欢用这个题材作画。不仅李公麟自己作了两幅，米芾后来也画了一幅。而后世就更多了，如南宋马远、明朝仇英、清代石涛、民国陈少梅都有摹作、仿作传世。

在图中，这些名士或写字，或参禅，或题壁，或弹琴，果然是一番"清旷之乐"。经米芾描述，大概也能知道谁是谁，在做什么，但看到这幅图，我却不禁好奇，在这里面有没有高俅？

后来官至开府仪同三司，掌握了大宋大半军权的高俅，原先不过是苏东坡家的一个书童小厮。算算时间，当时应该就在苏府，以高俅的聪明小意，也很有可能被带到王诜西园，参加了这种盛会。没过一两年，苏东坡又任外官，带不了那么多家人，就将高俅送给了王诜。再后来，王诜派高俅给当时还是端王的徽宗皇帝送东西，因为蹴鞠技艺高，得到徽宗欢喜，连人带东西一起留下了——这就是高俅发迹的开始，也是他伙同徽宗、童贯等一班昏君佞臣祸国殃民的开始。

西园雅集之后还没四十年，便是靖康之耻，徽宗和他儿子钦宗以及宗室后妃数千人一起被掳到天寒地冻的白山黑水，受尽折辱。所以我们应该想到，在这番清旷闲适之乐背后，到底隐藏着什么。因这图中人（就当高俅也在图中吧），和宋末的政事大有干系。他们集会在元祐年间，而一提元祐，熟悉历史的自然会想到一个词"元祐党争"——先是神宗死，哲宗继位，高太后秉政，悉废新法，将变革派全赶了出去，没了对手的旧党又分化，分化为以司马光为首的朔党，以苏轼为首的蜀党，以程颐为首的洛党，他们没有是非，没有原则，只从派系利益出发，今天你给我告个刁状，明天我扔你块黑砖，彼此缠斗不休。敌人反对的，一定是我们坚持的，将北宋末的政事搅和得一团糟（其余波一直绵延到南宋中叶）。等宋徽宗继位，本来就是昏庸皇帝，就算想有一番作为，估计也有心无力，索性和高俅等人一起浮华奢靡醉生梦死。金圣叹评《水浒》，说第一回写高俅发迹事，正是为了明确好汉揭竿而起原因是"乱自上作"。

元祐四年（1089年），陷在党争旋涡不得安宁的苏轼自请外放，从此几乎没回过京城。也许一直到很多年之后，他才会认识到，元祐初的一两年，是他和他的大宋王朝最后的闲适岁月。

夜 宴

越堕落，越悲伤

五代南唐后主李煜在位期间，一个月朗风清的晚上，兵部尚书、充勤政殿学士承旨韩熙载家，一个不算盛大但却足够奢华的聚会正在举行。能够参加这个聚会的，都是韩熙载最亲近的心腹，比如两个他亲手录取的状元，舒雅和郎粲。教坊副使李佳明虽然不算太大的官，但也受到了邀请。或许，邀请他的原因，可能是他手里掌握着最丰富的歌伎资源，所以，在那晚上，当时的名妓弱兰和王屋山等也出现在韩府的华屋广厦内。

那晚上，大家一边品尝着珍肴美酒，一边欣赏着歌伎们精彩的表演，连位高权重的韩熙载都亲自下场击鼓助兴。不知不觉中，漏尽将晓，宾客们才和周到的主人及美丽的歌伎们告别。他们各自出门上马，哒哒的马蹄声或许会惊醒一些邻居。不过，这些邻居可能只会嘟囔一句，"韩兵部家的宴会散了啊"，然后再沉沉睡去。也许他们早就习惯了，因为自从李煜即位后，韩家的宴会总是这样日复一日地通宵达旦。

宾客中有两个人并没有回家，他们直接去了皇宫。等到早朝结束，李煜便召见了他们。他们详细地向皇帝汇报了所见所闻，李煜便命他们画了下来，说他有用处。过了几天，他们便各自呈上了自己的画作。

这是翰林院画待诏周文炬和顾闳中。后者的画以《韩熙载夜宴图》之名流传下来，到今天，被称为"中国十大传世名画"之一，历代多被贵宦显官乃至皇室收藏，民国动荡，此图流落于民间，后来被张大千以五百两黄金购得。新中国成立后，国家文物局"香港秘密收购小组"用两万美元将图收归国有。

不过，这样一幅名图，在《宣和画谱》中的评价却不甚高，"一阅而弃之可也"。原因在于，"李氏虽僭伪一方，亦复有君臣上下矣。至于写臣下私亵以观，则泰至多奇乐，如张敞所谓不特画眉之说，已自失体，又何必令传于世哉！"就是说，君主探查臣下隐私，还要做画图影，这是件大失体统、不体面的事。

但作为一个皇帝，李煜又为何要探查韩熙载私下的行为呢？原因说起来，很有点荒诞的感觉，是因为李煜想让韩熙载当宰相了。

韩熙载原先是后唐平卢节度副使韩光嗣之子，光嗣被后唐明宗所杀后，他便跑到南方。因为早负才名，渐渐被南唐所用。等到李璟即位后，因为是东宫属臣的缘故，成为军国重臣，但南唐偏据一方，国小势微，李璟、李煜父子又只图苟安，在后周以及继起的宋重压之下勉强苟延残喘而已。这让才大志高、曾经和好友许下"长驱以定中原"誓言的韩熙载很不满，但又无可奈何。而这时，又传来朝廷想让他当宰相的消息。韩熙载只好以纵情声色，以示无意于朝政——这倒不需要刻意扮演，韩熙载年轻时便有"行为放荡，不守名检"的名声。据说，李煜让人去观察画画，目的也是看看韩熙载到底这么荒唐是真是假，后来还让人把这幅图拿给韩熙载看，并给了他降职的处分。只不过韩熙载过来一扮可怜，李煜心又软了，旋即官复原职，而韩熙载又开始了这样纸醉金迷的生活，让李煜长叹，"孤亦无如之何矣"——我拿他也没办法啊。开宝三年（970），韩熙载去世，李煜还很痛惜，说，我终究没能让韩熙载当上宰相啊。不得已，追赠了"右仆射同平章事"的官职聊以慰怀。

说起来，不想当宰相其实也不必自污啊。但韩熙载其实有更深的悲伤，他不仅对昏暗的朝政失望，更对南唐的未来无比悲观，他说，他"老矣，不能为千古笑"，意思是不愿意戴着那顶亡国宰相的帽子啊。果然，死后不过四五年，李煜就"最是仓皇辞庙日，教坊犹奏别离歌，挥泪对宫娥"，向赵宋投降了。

因为这样的心境，在"夜宴图"中那样的欢娱的场景中，出场数次的韩熙载或坐或立或与人言谈，哪怕是赏乐观舞，都看不到他一丝笑容。是啊，我们都看到了他的堕落，却没人知晓他的悲伤。

绯 闻

是男人都会犯的错

上回讲到韩熙载的故事，说起他的悲伤。这儿得补充一下，韩熙载并不是老板着面孔一副死了爹娘老子的模样，陆游《南唐书》中说他"才气逸发，多艺能，善谈笑，为当时风流之冠"，僧文莹《湘山野录》中说他"时谓之神仙中人，风采照物……谈笑则听者忘倦"。总的来说，还是个相当有趣的人。

有事为证。

某年，南唐要接待后周派遣来的使臣陶谷。这位陶谷也非寻常人，时为翰林学士，在北方算是数一数二的大才子。今天说起来，至少有两个俗语与他关系密切——有年陶谷出使越国，国主钱镠听说他爱吃螃蟹，就给他摆了全蟹宴，从蟪蛄至蟛蜞依次端了上来，陶谷笑着说：这就是"一蟹不如一蟹"啊。另外一个，是陶谷久为翰林，厌烦了文牍生涯，想做做其他官。赵匡胤说，翰林舞文弄墨，都有定规，无非照着前人旧本修修改改，所谓"依样画葫芦"而已，又出过什么力呢。陶谷就作了一首诗自嘲："官职有来须与做，有才用处不忧无。堪笑翰林陶学士，一生依样画葫芦。"

赵匡胤武夫出身，瞧不起秀才很正常，但南唐自诩文采风流，当然要殷勤招待，加之当时后周势大，南唐国弱，陶谷自视大国上宾，威风当然要抖一抖，架子也端了个十足，史载"容色凛然，崖岸高峻，燕席谈笑，未尝启齿"，总之一点面子也不给南唐君臣。

南唐朝廷不敢和后周撕破脸，但这口气总是咽不下去的。这时韩熙载说我见人多了，看陶谷也不像个"端介正人"，那就不是个正经人嘛。随即出了个促狭主意——一个像韩熙载那样年轻时放浪不羁，到老也不拘小节的人，使出的招数自然也是剑走偏锋，不走寻常路。

那时，陶谷已经被南唐借故羁留大半年了，韩熙载觉得他总有些男人"正常的需要"不得满足，就派了一个名妓秦弱兰（这个名字我们上回也提到过的）装作守驿老头的女儿去接近陶谷，扮演一个丈夫故去又回到父母身边的可怜妇人。既然是名妓，那自然是漂亮的，而又那样的苦楚，令人十分怜惜，何况这个"可怜妇人"本来也身负特殊任务，以有心算无心，陶谷很快就入套了，史书中委婉地说他"失慎独之戒"，俗点就是美人计大获全胜。达到目的的南唐自然也就不留客了，而就在要走的前一天，深情的陶学士还给那位女子填了一首词。

送别的宴会上，南唐君臣又是殷勤劝酒，浑然不觉的陶谷还是一副每个人都欠他钱的嘴脸，话不多说，酒不沾唇。一会儿，一个歌伎袅袅婷婷走了出来献唱，来的正是他以为的驿站中妇人,唱的也是他给人饱含爱意填的那首《风光好》。这下子,陶谷又惊又羞,发怒吧,小辫子被人揪住了;赔笑吧,好大一张脸没地儿搁。只好杯到酒干,想赶紧把自己灌倒了,当席就吐了几回,才算达到目的——人事不省。走的当天,南唐君臣也不再抬举他了,随便派了些小吏就打发他走了。事情还没完,等陶谷回到都城,才知晓没几天工夫,他填的那首词在自己本国也传唱开了。想想吧,把人丢到外国的陶谷还会有什么大出息呢?"由是不得大用",即使在史书中,虽然都承认他才华,"文翰为一时之冠",但总会随着"多忌好名""倾险狠媚"的考语,一说起道貌岸然的虚伪文人,总会提溜出来说一说。

其实,词还真不错,"好因缘,恶因缘,奈何天,只得邮亭一夜眠。别神仙。琵琶拨尽相思调,知音少。待得鸾胶续断弦,是何年?"而单从这件事上,旷男怨女,你情我愿,陶谷也不能说犯了多大的错,或者如成龙所说,"犯了全天下男人都会犯的错"。所以到明代,同为风流文人的唐寅就做了翻案文章:"一宿因缘逆旅中,短词聊以识泥鸿。当时我作陶承旨,何必樽前面发红",并画了幅图,图上秦弱兰弹着琵琶,陶谷手打节拍应和,显见两情相悦——是啊,大家萍水相逢,同为天涯沦落,发生了些美好的故事,有什么脸红的呢?

手 足
皇帝和他的兄弟们

殷商以下，王位传承从"兄终弟及"改成"父死子继"，皇帝的兄弟就成了种特别尴尬的存在——都是一个爹生的，凭什么皇帝你能做我不能做？所以皇帝最防备的反而是自己的手足。太能干，肯定被猜忌，免不了受压制；太蠢，肯定被人瞧不起，又损了皇家的颜面。人品好，勤俭好学亲近士庶，会说你笼络人心意欲何为；人品差，不学无术荒淫暴虐，朝野攻讦不休，正好被皇帝当"王子犯法与庶民同罪"的筏子。里外不是人，怎么做都是错，你好我好哥俩儿好的情景简直不可想象。

也有例外，据说明朝天启对崇祯就是真的好，而南唐中主李璟兄弟和睦融洽更是有史为证。当初李昇做了皇帝，就把李璟封为了皇太子，李璟深明大义，说古代早定名分，是怕兄弟们闹家务，像我们哥儿几个感情这么深，"兄弟友爱"，就不需要这么做了。李昇很欣慰，"有子如此，夫复何忧"；后来李昇驾崩，李璟即位前，也是让了三弟，再让四弟，"泣让诸弟"，大臣把龙袍都套上他身上了，不得已才做了皇帝，即位后，封王不算，还明示中外，说我死了，我三弟景遂接我的位子，并封为皇太弟，吓得景遂要改字"退身"以明志；即使到两个弟弟死后，李璟、李煜父子俩还追封为皇太弟，以太子礼安葬，真是其情也笃笃。

无图无真相。南唐宫廷画家周文矩——这老兄我们曾提到过，给李煜当过小密探去过韩熙载家窥探人家夜宴——曾画过一副表现李璟兄弟情深的《重屏会棋图》。重屏，就是图上的屏风里，还绘有一个屏风，是为"重屏"。这幅图里，据后人考证，中间端坐的是南唐国主、二哥李璟，并榻而坐的三弟晋王景遂，下棋的两个，右面的是四弟齐王景达，左面是幼弟信王景逷。四兄弟（老大景迁十九岁时不幸病故）安详平和，即便是下棋，也看不出有竞争好胜之心，真是其乐也融融。

但像我这样心底阴暗的人，即使见到这样的图，也并不相信他们像图中表现的那样和睦，我不认为李璟就能跳出名利权势的圈子——即使他能，恐怕他的兄弟也不能。例子在稍后一些就出现了，赵匡胤倒是对弟弟赵匡义推心置腹，可赵匡义对兄弟对侄子就不放心得很，"斧声烛影"成了千古谜案，兄弟侄子下场也惨。

如果有心查找，其实也不难看到"兄弟友爱"的真相。李昪将死，但谁也不知道他病危，太医吴廷昭悄悄告了李璟（这个太医不是李璟的人谁信？），李璟才赶忙跑到宫里（为什么不叫上弟弟们一起来？），当晚李昪就死了，但秘不发丧（有什么见不得人的还是有些事没安排好？），下诏李璟监国（皇帝都死了，自己给自己下命令很好玩吗？），过了好几天才宣了遗诏（这下安排妥帖了)。等到大事底定,登基的时候,才玩出了"泣让诸弟"的那一套(这时候敢接皇位的恐怕是傻子),大臣劝他说陛下责任重大,别固守小节了(戏演演就算了,别太过了),旋即改元保大,然而,一般来说,应该是第二年才改元,大家都认为不合适(是啊,太着急了吗,但这就是为了早定"正朔",省得弟弟们还有非分之想)。

也许这里面,是我们辫子戏看多了,难免会老想着宫闱秘闻,也很有可能多是古人惯有的虚文,但有一件事,却可以很确定地告诉我们,李璟对他的弟弟们并不像表现得那么放心。有一年,南唐和后周打仗,齐王景达以亲王身份领兵出征,随行的还有李璟派出的监军陈觉。韩熙载上谏说,"莫信于亲王,莫重于元帅",你派个监军搅和啥呢?李璟不听,景达也很知趣地嘛事不管,凡有举措,只负责附签个名而已。那场仗大败亏输,五万出兵,只回来一万,景达从此一蹶不振,到死也只能待在不太重要的边镇,当个挂名的大都督。

史载,李昪最喜欢的就是这个老四景达,李璟封景遂皇太弟的一个目的,也是想达成父亲遗愿,让皇位渐次到了老四手中,而且,老四才干也不错,但换一个角度看,对皇位威胁最大的也是他啊,所以,如果我们腹黑点儿想,李璟肯定要打击景达,让他背上污点民望尽丧,失去最后一丝登上皇位的可能,为此他宁肯付出几万人的性命和一场有关国运的败仗。我们觉得亏了,但李璟肯定不这么算账,因为哪怕输的只剩下一个县,他还是皇帝,但如果一不小心被篡位,他就一无所有了。

景达死的时候，才四十八岁，像这样一个好道的人，死得这么早，羞愧惭愤怎么说也是诱因，而这，竟然还是几兄弟中活得最长的。老三景遂因做过皇太弟，由此被李璟儿子、自己的亲侄儿、当时的太子李弘冀所忌，用毒水鸩杀，年三十九。老五景逷死于李煜在位期间，年三十一。不过，当李璟送走了三弟，流放了四弟后，终于可以放心地端坐在龙椅上时，不知道为什么，填出来的词竟然是"小楼吹彻玉笙寒"。

此无他耳，天家无骨肉，在皇帝宝座的诱惑下，什么亲情都是浮云，所以，当皇帝的，注定是"孤家寡人"。

知 音
千古才帝和千古才相的悲剧

上周说到了《重屏会棋图》，它的故事其实还没讲完。这幅图完成之后，被收藏在南唐的内府中。南唐灭亡之后，皇家收藏星散，从此开始在民间辗转流传。百多年后，据说落在杭州某富户手中。此时正值徽宗当位。这位皇帝的艺术修养和造诣在千古帝王中素来被推为第一，对《重屏会棋图》这样的佳作自然是仰慕已久。皇帝想要什么东西，那东西就很难还是别人的。徽宗刚当了皇帝就在杭州设置了明金局，用宦官童贯主持，为它搜罗奇珍异宝。

童贯虽然下手凶狠，但水平有限，文玩字画放眼前也不知道是好东西。恰好这时蔡京也在杭州，在提举洞霄宫的虚职上蛰伏，无时无刻不想着回到政治中心。而这蔡京，是大才子，单论艺术造诣，徽宗皇帝为千古帝王第一，那么蔡京可以当之无愧地说，千古宰相中，他是魁首，诗、文、书、画、金石无一不通，碰到这样讨好皇帝的机会，肯定也不会错过。如此，蔡京担任艺术顾问，为童贯下死手搜刮出谋划策巧取豪夺，珍宝一车一车地

-125

拉到宫里——其中就有《重屏会棋图》——让徽宗龙颜大悦,童贯很讲义气,也不贪墨蔡京的功劳,蔡京就很快就回到京城,且当上了宰相。

其实,蔡京重新入京,为徽宗寻宝出力只能算是由头,因为徽宗对蔡京的赏识已非一日。野史中有个故事,说有一次蔡京燕居,身旁有两个小厮打扇,许是伺候得周到,让蔡京很高兴,就信手给扇子上题了字送了他们。过不了两天,这两小厮居然阔了起来,问问缘由,居然是那扇子被某亲王以两万钱买走了。而此亲王,便是后来的徽宗了。

所以,我认为,才子徽宗面对才子蔡京,很有可能会有一种惺惺相惜的感觉。有一副《听琴图》,图上一缁服者抚琴,下首衣绿者抬头侧耳,似认真倾听,衣红者垂首持扇,一手扣膝,似应和琴声。历代鉴赏家都知道,此图中,抚琴者是徽宗,听琴着红衣者正是蔡京(绿衣者为王黼,史称多智善佞,寡学术)。需要注意的是,琴作为我国传统的一种文化意象,是知音的象征,所谓"闻弦歌而知雅意",所以图上不但有徽宗的御笔亲题"听琴图"及印钤,还有蔡京的一首题图诗:吟徵调商灶下桐,松间疑有入松风。仰窥低审含情客,似听无弦一弄中——听琴者虽有两人,但这首诗无疑却凸出了蔡京在徽宗皇帝心中的地位。事实也是如此,从崇宁元年担任尚书右仆射(右相),到靖康元年被钦宗谪贬乃至流放死于途中,二十年间,蔡京"金殿五曾拜相,玉堂几回宣麻",虽然四黜,旋能复起,到八十一岁最后一次拜相时连路都走不动了,可徽宗还是倚重如常,宠遇之盛且始终如一,连刘备诸葛亮这一对君臣都没法比。

可惜的是，千古才帝碰上千古才相，却没有留下千古佳话，反而成了君昏臣佞的典范，徽宗皇帝的昏庸自不必说，他在治国上的低能几乎与在艺术上的高度同样著名。而蔡京，当时就被士林称为"六贼"之一，死后进入了《奸臣传》，戴着这顶帽子一直到现在。虽然从都成为历史重量级反面人物这一点讲，两人倒也没辜负"知音"这两个字，但是，真正的友谊，志趣相投，会互相促进着完成伟大的事业，像徽宗、蔡京这样，再情深义重，也无非是个"狼狈为奸"。

夷 齐
一个幌子用了千年

十来年前去永济采访,不知聊起了什么事,当地人说,伯夷、叔齐墓就在不远的地方。这一下引起了我们的兴趣。伯夷、叔齐那可是在《史记·列传》中排第一的人物,既然已经到了,也不好过其墓而不拜。于是,兴致勃勃驱车就去了。到了以后,却是大失所望,也不过是荒草丛生的两个大土堆,恓恓惶惶地堆在路边,最使人惊讶的是,墓茔上几个黑洞洞的盗洞清晰可见,使我们不禁笑出声来——谁都知道,伯夷、叔齐虽然曾是王子之尊,可这二位是穷饿而死的,在他们的墓里,能有啥好东西?显见盗墓贼没什么文化,没认真了解过他们的事迹。

其实,这二位先生的事迹很简单:伯夷、叔齐他们父亲在位的时候,喜欢老小叔齐。伯夷就在父亲死了之后,避位跑了。叔齐觉得对不住大哥,于是也跟着跑了,跑到周国,周文王觉得他们哥俩儿很讲义气,就把他们养起来了。文王死了,武王伐纣,伯夷、叔齐就上去劝阻,说了一番"帽子破了,也得顶在头上,鞋子再新,也不能当帽子戴,所以武王身为臣子讨伐天子纣王很不应该"的道理。武王虽没有难为他们，但伯夷、叔齐见劝阻不成，就又跑了，"义不食周粟"嘛，跑到首阳山采薇为食。后来就饿死了。

就是这么简单，对历史也难说有啥影响，由不得使人怀疑，司马迁主要目的是要发表自己的评论，这二位先生仅仅是个幌子。看看《伯夷叔齐列传》就更清楚了——原文近千字，有关伯夷、叔齐本身事迹的不过三百字，剩下的都是议论了——简直就是"挂羊头卖狗肉"嘛。

但对司马迁那么伟大的人，不能用"挂羊头卖狗肉"这么粗俗的比喻，应该说是"以他人之酒杯，浇自家之块垒"。司马迁借用伯夷、叔齐的事，表达两个意思，一是，伯夷、叔齐"积仁洁行如此而饿死"，盗跖"暴戾恣睢……横行天下"却得以寿终，难道"天道无亲，常与善人"是个谎言？二是，尽管伯夷、叔齐是好人，可名声这样大，还是因为得到过孔子的品评。难道普通人"砥行立名"，不跟在大人物屁股后，就不能流传于后世吗？

这意思就很明白了，司马迁不过是在哀叹自己命运而已，他自己忠君爱国，却身受腐刑，这和自己素来的所学和信念几乎是相悖的。而作为一个搞历史的，司马迁更看重身后名声，可发现但凡在历史中留下名字的，都是幸运儿，更多的好人、善人、仁人老死闾巷，湮没无闻——悲夫！

后来，韩愈写过一篇《伯夷颂》，部分地反驳了司马迁的观点，主旨是说"士之特立独行，适于义而已，不顾人之是非，皆豪杰之士，信道笃而自知明者也"，这无非是"求仁得仁，亦何怨乎"的另一种表达,意思是不管皇帝怎么昏庸,怎么对你,你还是要忠心不二,鞠躬尽瘁——韩愈曾写过"臣罪当诛兮天王圣明",所以,说这样的话并不奇怪。如此,在司马迁笔下,伯夷、叔齐很愤怒,而在韩愈笔下,伯夷、叔齐却是坚定地逆来顺受。再后来,鲁迅先生写过一个短篇小说《采薇》,在那里面,伯夷、叔齐又成了两个颟顸迂阔乃至有点虚伪的人,鲁迅先生批判的正是韩愈先生所持愚忠的观点——事实上,和伯夷、叔齐关系并不大,他们二位,还是幌子。

手边还有一张《采薇图》,宋代画家李唐画的,画上,伯夷抱膝而坐,头侧向叔齐,而叔齐身子前倾,一手撑地,一手微抬,似乎在说些什么。两人神色平静和缓,既没有苦中作乐,也不像心有怨望,就像两个普通的农人劳作间歇闲谈。这幅画有些鉴赏家说是"为南渡降臣而作",意思希望大家以伯夷、叔齐为榜样,在靖康之变后能保持气节。也有种可能,这幅画是给徽、钦二帝画的——看看人家伯夷、叔齐,不食周粟乃至饿死,您二位作为国君,国都亡了,还活着干吗呀。

总之,同是伯夷、叔齐,大家各有各的看法,各有各的用法,反正是个幌子,上面写什么字都行的。

秋 娘

从名妓到皇妃

说起人生苦短，及时行乐的道理时，人们总会引用一首古诗：劝君莫惜金缕衣，劝君惜取少年时。花开堪折直须折，莫待无花空折枝。这首诗浅白朴素，但意味深长，旷达中又带着些许青春不再的怅然。唐诗如海，却难掩它的光辉。

传说中，这首诗是中唐时一个女子所作，而且，更像是为她的命运做了注解。这个女子叫杜秋，也称为杜秋娘——其实，秋娘在唐代，是对歌伎舞女或者是美女的通称，而杜秋娘，也为"秋娘"这个典故增添了新的内涵。杜秋娘原名叫杜丽，母亲是个官妓。作为一个官员始乱终弃的产物，杜秋娘跟着她母亲在妓院中长大，这其实也决定了她的命运。

十五岁刚刚成人后，杜秋娘就被镇海节度使李锜花重金买进府中，充作了歌伎。也就是在李锜府上，想要在众多歌伎舞女中脱颖而出的杜秋娘谱写了那首《金缕衣》。这么好的诗，加上杜秋娘指定不俗的歌喉舞技，讨得李锜的欢心简直是顺理成章，立刻就被纳为侍妾。

从几乎可以等同于玩物的歌伎到稍微有些地位的侍妾,杜秋娘完成了自己人生的第一次转变,但是,更大的惊喜——真正的惊喜,先惊后喜——还等着她。没过多久,朝中有变,帝位更迭,宪宗李纯成了大唐帝国新的主人。史书中说,在唐朝二十个皇帝中,可被人称道的皇帝只有三个:太宗李世民、玄宗李隆基和这位宪宗李纯。那时大唐帝国最大的问题就是藩镇割据,所以宪宗和各地节度使们的矛盾自然不可调和。很快,杜秋娘的主人、镇海节度使李锜就造反了,但没两个月,就被宪宗平息,李锜也被杀了。心惊胆战地过了几个月,杜秋娘作为战利品,被运到宫中。在宫中的杜秋娘重操旧业,又成了一个歌伎。好在杜秋娘有她的独门绝技,获宠也很快——就是把《金缕衣》在皇帝面前又表演了一遍。大家都是识货的人,宪宗李纯还要更识一些。马上,杜秋娘就被封为秋妃。据说,宪宗很喜欢她,双宿双栖不必说,连朝政大事也和她讨论讨论。

略过一些无关紧要的细节,这就是白马王子和灰姑娘的中国版啊。可惜,不像"白马王子和灰姑娘幸福地生活了很久很久,一直到永远",杜秋娘的幸福生活只过了十几年,突然有一天,宪宗李纯被宦官谋害,继之的穆宗、敬宗也相继死于宦官之手,几年间接连变故,物是人非,杜秋娘被从宫中赶了出来,返回乡里,曾经的荣华富贵恍然如一场大梦。怀着对过往繁华的怀念和叹息,杜秋娘过起了平淡的生活,一直到七八年后,被兵祸牵连,冻死于金陵城外的玄武湖畔。

在她还活着的时候,有一年大诗人杜牧去拜访她,并写了一首长诗《杜秋诗》，主旨就在命运的不可捉摸，祸福难期，"四朝三十载，似梦复疑非"。再后来，元朝画家周朗画过《杜秋图》，我觉得为这首诗配图实在适合不过了，图上杜秋娘是侍女打扮，显见还没获得皇帝宠幸，算是她人生的低潮期吧。那时，杜秋娘神色虽平静，但仔细看图，神色之中的对未来的忧虑，对命运的迷惘又会浮现出来。正是这样，"有花堪折直须折"，可谁能知道折花人是否会爱惜这花呢？花的命运，始终是它自己难以把握的啊。

游 春
长安水边丽人行

上回讲过杜秋的故事,其实不唯杜秋是这样,古代中国女人的命运大抵都是这样,好与不好,只是看攀折谁手。白居易就在诗中为此叹息:人生莫作妇人身,百年苦乐由他人。要旨也就是这"由他人"三字了。甚而,女人一落地,就注定了受轻视与屈辱。佛教慈悲为怀,专门还有《佛说转女身经》这样的经籍存世,阿弥陀佛、弥勒菩萨等发大愿,也会特意提到"闻我名已,一切皆得转女成男"。所以说,对于一个女人来说,富贵荣华往往是转眼烟云,结局总免不了凄惨悲苦。

大唐天宝年间,帝国最有权势、最高贵的女人,得说是杨家姐妹。因为杨家的一个姑娘,是玄宗皇帝的宠妃杨贵妃,所以杨氏一门都鸡犬升天。唐史记载,"有姊三人,皆有才貌,玄宗并封国夫人之号:长曰大姨,封韩国;三姨,封虢国;八姨,封秦国。并承恩泽,出入宫掖,势倾天下","开元以来,豪贵雄盛,无如杨氏之比也"。玄宗皇帝对杨氏姊妹,要钱给钱,"韩、虢、秦三夫人岁给钱千贯,为脂粉之资";要权给权,"十宅诸王百孙院（皇子皇孙）婚嫁，皆因韩、虢为绍介，仍先纳赂千贯而奏请，罔不称旨"，"四方献饷结纳，门若市然"，不用说一般的命妇，就是连公主，也要甘拜下风，避席退让。

而这几个姐妹中，风头最劲的是虢国夫人。虢国夫人嫁给裴氏，丈夫早亡，腹黑地想，作为寡妇的她，也许更少忌惮，言行更恣肆一些。有一回，她看上了韦嗣立家的房子。这韦嗣立也不是草根，在武则天和中宗时代，是担任过兵部尚书和参知政事的高级官员，但虢国夫人不管这一套，说要就非要不可，带着泥瓦木匠就闯进了人家家里，一堆人一拥而上，韦家的女眷僮仆都被赶了出去，然后唏里咔嚓，该拆的拆，该推的推，韦家这块地就姓了裴了。而这样的事，虢国夫人还不是干了一回，要是唐朝也搞拆迁，虢国夫人无疑是强拆的一把好手。

另据传说，虢国夫人还是个风流寡妇，她不仅与堂兄杨国忠不清不楚，和玄宗皇帝也很暧昧。当时就有人写诗讥讽"虢国夫人承主恩，平明骑马入宫门。却嫌脂粉污颜色，淡扫蛾眉朝至尊"——说虢国夫人自恃美艳，大清早不施粉黛就跑进宫中去见皇帝（这都是非常失礼的举动。话说回来，在一帮浓妆艳抹的嫔妃中，素颜朝天也许是虢国夫人别出心裁的邀宠手段）。她的轻佻和骄纵于此诗也可见一斑。

史书上说，虢国夫人"有才貌"，但到底长得怎么样，可惜没照片留下来，留下来的，只有一幅《虢国夫人游春图》。图上画面中部左侧的那个女人，就是虢国夫人了。在她上面，是妹妹秦国夫人，似有所言。也有人说，画中首骑男装者，才是虢国夫人，因为开元天宝间,女扮男装较为流行,而虢国夫人素来喜欢标新立异,时人呼为其"雄狐",骑肥马,衣男装,较为符合虢国夫人的个性。

杜甫估计是这一幕的见证者,他写过一首长诗《丽人行》,"三月三日天气新,长安水边多丽人……炙手可热势绝伦,慎莫近前丞相嗔。"丞相(杨国忠)嗔与不嗔不知道,但百姓们肯定是腹诽的多。这一幕发生后的两三年,渔阳鼙鼓动地来,安禄山造反了,杨贵妃香消马嵬坡,一起出逃的虢国夫人作为导致安史之乱的一个罪魁祸首,自刎不成后,被官府捕获。在狱中,她问,抓她的人"国家乎?贼乎?"狱吏回答说,"互有之"。当天,血凝至喉而死。

我比较奇怪的是她为何要这样问,这问题关键吗,对她有区别吗?她当年何曾在乎过这个国家,何曾想过会把这个国家的人民变成贼寇?

文 姬
一个女人的哭号

连续两回，我们讲过了那些身不由己的女人的故事。在古代，女人有如木偶，命运操于他人之手，但女人毕竟不是木偶，她会有自己的想法，有自己的喜乐，而这一点，才使女人悲剧色彩更浓厚。

东汉末年，有位叫蔡文姬的女士，她父亲是著名的才子蔡邕，文章学问都是一时翘楚。而且，以蔡邕左中郎将（宫中统领侍卫的官员，品级在将军之下、校尉之上，相当于郡守）的官职，蔡家物质条件应该不差。但蔡文姬的命运却很难说得上好。她很小的时候嫁给河东卫氏，可惜丈夫早亡，自己还被怀疑"克夫"而饱受白眼，蔡文姬只好又回了娘家——这仅仅是悲惨命运的开始。

旋而，黄巾起义，董卓平叛进京，搅乱朝纲，杀人如麻，又被王允设计杀死。蔡文姬的父亲因为素来与董卓相厚，还拊其尸体痛哭，也被王允所杀。接着，董卓部将李傕等又杀了回来，就这样，你杀我我杀你，天下板荡，三国乱世开启。趁着中原不靖，胡人也闯了进来大肆掳掠，蔡文姬和许多女人一起被抢到匈奴。也不知道是什么缘故，蔡文姬居然被南匈奴左贤王看上，就这样嫁给了他，还为左贤王生了两个儿子。

如果就这样下去，蔡文姬的日子也许要平静许多。但在匈奴过了十二年之后，基本扫平了北方的曹操不知道怎么想起了他年轻时候的朋友蔡邕，听说故人之子流落在匈奴，就用重金赎回了她，并做主把她嫁给一个叫董祀的屯田都尉，但也许是蔡文姬有那样的过去，夫妻感情不能算好。有一次，董祀犯了死罪，蔡文姬披头跣足去曹操府上为其求情，得到了在座公卿名士的哀怜，董祀才免于一死。董祀感念这番恩德，对蔡文姬也转变了态度，两人从此相敬如宾——总算是有了个大团圆式的结局。

但我重点不在这儿。蔡文姬的名字见于《后汉书·列女传》，主要事迹是给董祀求情，以及为感谢曹操而背诵出了家中流失藏书四五百卷，其次也收录了她所做的一首五言和一首骚体长诗。总之，是因为她是个命运多舛的才女，"文姬归汉"更多的是作为一种背景。但稍微奇怪的是，画家却喜欢用"文姬归汉"这个题材创作。也许在艺术家看来，从这件事上，更可表现人物莫测的命运吧。

当然，不同的画家会有不同的创作思路，金代画家张瑀的作品，图上人物面风而行，朔风凛洌，让众人都有畏缩之意，但唯独蔡文姬昂首骑行，似乎要表现她返回故土家乡的热切。这大概是种普通的思路，但我所喜欢的，却是南宋画家陈居中的创作，画面应该是汉使接文姬回乡，在野外与左贤王告别的情景。汉使和左贤王、蔡文姬夫妇分居两席，各色人物环绕。左贤王让人给自己斟酒，而脸还向着他的妻和子。一双儿子，小的环抱文姬，有不舍之意，大的指向从人，似乎劝弟弟离开。如果不了解故事，看这幅图，你还会产生这是宴饮，大家很欢乐的印象，但想到蔡文姬从此就与她的丈夫、儿子分离且永不相见，你就会觉得整幅图弥漫着绝望的悲伤。这两者之间巨大的反差，甚至会让人感到恐惧。

蔡文姬在《悲愤诗》中描述当时：己得自解免，当复弃儿子。天属缀人心，念别无会期。存亡永乖隔，不忍与之辞。儿前抱我颈，问母欲何之。人言母当去，岂复有还时。阿母常仁恻，今何更不慈。我尚未成人，奈何不顾思。见此崩五内，恍惚生狂痴——返回故土的喜悦和与子永诀的痛苦交织，使得蔡文姬都要疯狂了，怨不得蔡文姬会大呼"今别子兮归故乡，旧怨平兮新怨长！泣血仰头兮诉苍苍，胡为生我兮独罹此殃"（《胡笳十八拍》）。

呼天又有什么用呢？这般离乱的命运，不正是上天的安排？

爱　鹅
王羲之爱鹅的腹黑解释

魏晋南北朝，那是古代中国一个特别动荡的时期，但也是文化和思想特别繁荣的时期，更可惊讶的是，在朝不保夕的生存状态下，人的自我意识也苏醒于这一时期，不论是可见的姿容、风度，还是意会的神韵、气质，都成了对人审美的重要内容，总之，率性而张扬，是那时期士人普遍的性格特点。也许是这个原因，他们也会喜欢一些非常特别的动物。比如说，建安七子之首的王粲，喜欢驴——它在后世，几乎是蠢笨和无趣的象征。但王粲，就喜欢听驴叫，有人说，是驴叫声里那种不屈和倔强吸引了他。

今天要说的是王羲之，也是东晋初一等一的名士，他是以爱鹅出名的。《晋书》里面讲了他的两件爱鹅轶事。其一是，他担任会稽的长官时，辖下有个寡居的老妇，养了一只鹅，特别喜欢鸣叫，王羲之想买过来，人家也不肯卖，他就和几个好朋友一起去看。老妇人听说王羲之要来，也知道人家喜欢鹅，就把鹅宰了煮熟款待他。这让王羲之很是怅然。其二是，山阴县有一个道士，也喜欢养鹅，王羲之去看了，很喜欢，又想买。同样，道士也是不卖，这回倒不是要杀来吃，而是想用鹅换王羲之的字——作为"书圣"，王羲之的字当然是千金难求。王羲之欣然提笔，为道士写了一篇《道德经》，然后一笼子把鹅全顺回来了。

后世有仰慕王羲之的粉丝，也用这个题材作画。南宋画家马远做过一幅《玩鹅图》，图中王羲之凭栏倚松而坐，欣赏着水中两只游动的鹅。仔细端详王羲之的神态，悠然物外，似乎与鹅一起得到了自在。

有时候，我不免多想想，王羲之为何会喜欢鹅呢？在我看来，鹅这种禽鸟，体态臃肿，叫声也难说悦耳，即使说是神态，有个俗词"呆头鹅"，和"清鉴贵要"的王羲之好像也挂不上边——可见魏晋名士的趣味，果然非我等俗物可比。

像我这样想的不少，王羲之为何会喜欢鹅，一直是大家八卦的内容。最无趣的一种解释是，鹅的形态动作给了王羲之灵感，让他悟得了书法的某些奥义。倒不是说这绝对不可能，而是我认为，这么功利的想法——好比苹果砸牛顿头上让他想出万有引力——只有我们这些专注于所谓成功的现代人才想得出来，除了能起到励志的作用外，一点美学上的意义也没有。

还有一些人就要超然得多。他们认为鹅本来就漂亮，有诗为证："鹅，鹅，鹅，曲项向天歌。白毛浮绿水，红掌拨清波。"如果用这种眼光看，鹅确实是种美丽的动物，它雍容的体态和娴静的气度，能让人从浮躁归于平静，而一刹那振翅高飞的骄傲身影，更让被大地牢牢束缚的人类羡慕。这种说法容易让人接受，也符合魏晋名士的行事习惯。况且，你也不得不接受。因为这和"子非鱼，安知鱼之乐"一样，只要王羲之不说话，这就是一个无法证实也无法证伪的观点。

还有一个观点，我能接受，不知道读者诸君是否喜欢：作为名士和一个道教徒，王羲之经常服食丹药，自然热郁体内，而鹅肉性寒，可解五脏丹毒，所以……

我能想到，这个观点一亮出来，就会招来王羲之的粉丝和动物保护主义者两方面的诘难，所以必须拉一面大旗——这是陈寅恪先生说的：依医家言，鹅之为物，有解五脏丹毒之功用，既于《本草》列为上品，则其重视可知。医家与道家古代原不可分，故山阴道士之养鹅，与右军之好鹅，其旨趣实相契合，非右军高逸，而道士鄙俗也。

再用一句我偶像李连杰的话来开脱，他在"黄飞鸿系列"电影里有一句台词，"每个人喜欢狗的方法不一样"。套用到这儿也方便，"每个人喜欢鹅的方法不一样"。王羲之喜欢看，还是喜欢吃，都不是一个问题了。

谏　诤
听不听劝，不在方法

　　韩非子曾写过一篇文章《说难》，描述过给君主进言的困难。简而言之，就是君主多疑，无理性，常凭个人喜好行事，不知道啥时候就会触到人家的逆鳞，所以进言是件高风险的技术活儿。最基本的，进言的人，起码得有种把生死置之度外的豪迈情怀。

　　历史上留下了许多进言的故事，大多结局还不坏，君主虚心纳谏，进言者得到重用。不过反过来想，这些故事之所以能流传下来，原因也许是"物以稀为贵，事无奇不传"，我猜想大多数那些忠心赤胆的臣子进谏之后，下场并不像故事中那样美妙，置之不理算是顶好的了——关龙逄和比干就是最经典的例子啊。

　　十六国时期，汉的国主刘聪残暴好色，娶了自己本家的一个女子，先封贵妃，后来还要册为皇后，之前就想为她盖一个豪华的宫殿。廷尉（司法机构首长）陈元达就来进谏，说天下还未安定，别急着盖房子。这本来是很小的一件事，但刘聪就发怒了，说"吾为万机主，将营一殿，岂问汝鼠子乎！不杀此奴，沮乱朕心，朕殿何当得成邪！"然后就让左右拉下去杀了。不曾想，陈元达固然已将生死置之度外，而且还早有准备，从怀里拽出一条锁链来，将自己捆在殿前的树上，继续据理力争。意思是，死也要把话说完。正拉扯时，后面的那位刘贵妃听见了，许是出于爱惜自己名誉的原因，赶紧放了这位陈元达。所以结果还不坏，不但宫殿没修，而且把事情发生地逍遥园改为纳贤园，园中的李中堂改为愧贤堂（史鉴，进步也就这一点点，刘聪再没改变什么）——这个故事史称"锁谏"，翻遍二十四史，也是孤例，我们现代人很容易就会忽略其间的刚烈只注意到它的新奇。

到了唐代，这个故事成为纸上的图景，就叫《锁谏图》。一般来说，国画追求意境，甚而辽远空杳的画更能得到大家的喜爱，而这幅画，情感激烈，节奏紧张，在古画中也是个异数，估计作者有自己更深刻的考虑。

作者阎立本在太宗贞观年间就是担任刑部侍郎的高官，到高宗总章年间被拜为右相，成为朝廷重臣。他这幅画不管是画给太宗看，还是给高宗看，总之是希望他们以史为鉴，这在进谏上，会被称为"巧谏"，不过，唐太宗本来就以嘉纳谏言著称，高宗也不是个不讲理的人，他其实不用搞这么委婉的画谏。

阎立本虽然位极人臣，但平生最遗憾的事就是他画画的名气太大，完全掩盖了他的政治和文学才能。他担任右相时，左相是曾为大唐开疆拓土的姜恪，所以大家说，"左相宣威沙漠，右相驰誉丹青"，以这种极不对等的对仗暗自讥讽阎立本不像个做宰相的人。而且，太宗时的一件往事更加深了他的耻辱感。有一次，唐太宗和一群侍臣学士泛舟赏景，很高兴，就召阎立本作画。太监们就呼喝"画师阎立本",可阎立本那时已经是吏部的主爵郎中,品级不低,权力也大,然而竟被人称为"画师",让阎立本情何以堪,回来就和儿子说,我是改不了了,你们以后别学这些雕虫小技了。

但我觉得阎立本并没有想明白这件事,唐初文人画、士大夫画固然还没流行,但也没人会因为一个大臣善于作画就看轻他。和他基本同时期的褚遂良,是著名的书法家,可这丝毫没有掩盖他作为一个政治家的声名啊。要言之,人们如何评价一个人,还是看他做了些什么。已是朝廷宰辅的阎立本,如果没有做出比画画劝谏更重要的事来,人们当然只会记得他的更突出的作画才能了。从这一点上说,阎立本实在是有愧于他笔下的人物陈元达。

道 林

是和尚，更是名士

魏晋多名士，士族高门如王、谢家的子弟自然名士辈出，皇帝也得有名士范儿才能镇得住脚，连一般意义上认为不在红尘中的出家人，也得有几分名士气质才好被上流社会认可。这其中，比较突出的代表是支道林。

支道林，名遁，道林是字，出身于一个世代信佛的家族，所以很早就出了家。支道林的佛学修养很深厚，是般若学六大家之一，而且，很早就主张"顿悟"，同时，他对儒道也有研究，尤其是对《庄子》见解独到。当时名士圈子好清谈，清谈的主要内容就是老庄，也许就因为这样，支道林顺利地打进了名士圈子，并为当时名士所推重，甚至把他比作卫玠（这令人殊为不解，卫玠是名噪一时的美男子，但支道林的容貌却不敢恭维，只能说比较特别罢了）。王羲之等人组织兰亭会，号召了一时最优秀的名士四十二人，我们知道，其中就有支道林。

和名士混得久了，支道林身上的和尚气越来越淡，名士味越来越浓。《世说新语》里，记载了支道林的事迹有五十多条，包括他的交往、言行等等，和其他名士并无显著的区别。比如有一次，支道林想买座山，另一个高僧竺法深就嘲讽他，"未闻巢、由买山而隐"——作为一个和尚，居然有买山而居的想法，也算奇特了。

还有一条记载里说，支道林的好友法虔病逝，支道林很伤心，用了《庄子》里"匠石运斤"的典故——郢人鼻子上沾了薄薄的一层白土，匠石一斧削过去，白土没了，鼻子没事，郢人脸也没变。后来国君让匠石再表演一下，匠石说郢人已病逝，现在再没有那么默契信任的朋友可使挥斧了——说，"余其亡矣"，果然，一年后也死了。虽然我们会为他们的友情感动，但出家人四大皆空，无有挂碍，不被世情牵绊，只有名士才说"钟情正在我辈"呢。更过分的是，和尚理应无争竞之心，但支道林既然参与清谈，当然要分个高下。他和王坦之互不服气，王坦之说支道林诡辩，支道林就回击，说王坦之也不过是拾前贤牙慧的"尘垢囊"——嗯，大师，你犯了嗔戒了。

大师犯的不仅仅是嗔戒，他还伤害动物呢。史载支道林喜欢养鹤养马。一者高洁，一者神骏，都能非常好地映衬名士身份。但是呢，鹤喜欢高高地飞在天上，飞得太高就看不见了。有次，有人送了支道林一双小鹤，支道林就剪了它们的翅膀。鹤当然不高兴了，不断地回头看自己腋下，好像非常懊恼的样子。支道林很后悔，说，既然你生来就应该凌霄直上，又怎么愿意成为人的玩物呢。等到翅膀又长出来，就放飞它了，也算是知错能改善莫大焉。

不过爱马的嗜好却改不了,有人劝他说,出家人本来就受世人供养,你还要养马,不太合适啊。支道林却回避了出家人养马对不对的问题,只说道人"爱其神骏"——意思是,爱咋咋,就要养。还是名士派头嘛。

佛家说因果,爱马的果报着实不错。传说,支道林后来得道了,乘白马升天而去。但却不知,升到哪方的天上去了呢?这样的名士和尚,和尚名士,西天的佛祖收也是不收?

名 士
竹林七贤之死

连着说了几期名士的事情,很容易给大家留下这样的印象,魏晋的名士狂放、率性、洒脱,似乎天下无地不可去,无事不可做,让如今有志于穿越的各色人士总是心心念念。而大家可能有意无意忽略了一个事实:魏晋,那是中国历史上最混乱的时代之一,上到皇帝,下至走卒,没人知道自己的生命会在哪一刻戛然而止。所谓狂放、率性、洒脱的背后,是无边的无奈、悲凉和恐惧。

竹林七贤是魏晋名士的祖宗,看看他们的人生结果,就能知道名士不是那么写意。

唐朝时孙位画过一幅《高逸图》,后人考证画的就是竹林七贤,可惜成了残卷,只剩下了四位,从右至左分别为山涛、王戎、刘伶与阮籍。就先从他们说起吧。

山涛是七贤中的老大哥,人品宽厚,处事通达,官儿做得最大,寿命也最长,活了七十九岁。王戎是七贤中的小老弟,为人贪吝,器量狭小,可是官儿也不小,活得也长,七十二岁。两人都得了善终，朝廷还赐了美谥，这样的人生按说没有遗憾，但是山涛在朝为官，虽有建树，行事却是几十年如一日的小心，可以说是和光同尘，也可以说明哲保身。有地方官为得到夸赞，给朝中大佬每人都送礼，山涛也没拒绝，但数年之后事发朝廷追查，山涛把那礼上缴了，大家发现，"印封如初"。王戎呢，有次也泄露了他的心意。在他晚年的时候，有次经过七贤相会的酒垆，说，竹林之游，我也有幸参与，但嵇康、阮籍死后，我就被时世羁縻。今天虽然就在眼前，但却邈若山河啊。竟没过去看看——用一句流行的话说，山涛和王戎，是生活把他们变成了他们绝对不想成为的人。

如果不想变，例子也许就是嵇康。作为曹操的曾孙女婿，在司马昭想篡曹家天下的时代，他应该谨慎一些。他也那么做了，但天生的高贵和高傲让那种谨慎显得像是一种蔑视和鄙夷，在外人看来，这更像是对当权者显示坚定凌厉的不合作姿态，于是被司马昭以一个牵强的理由杀了。

嵇康的死对竹林诸贤是个沉重的打击，尤其是对他最好的朋友阮籍，很快阮籍也去世了。其实在谨慎这一点上，阮籍比嵇康做得好。阮籍和人说话，总是扯些缥缈玄远的话，从来不对人、事发表议论，连司马昭都觉得他谨慎得过分了。这不是件好事，因为谨慎意味着防备和恐惧，意味着没把司马昭当成主子。所以后来不说话了，就喝酒，喝酒就可以不清醒，不清醒就可以逃避混日子。于是早也喝，晚也喝，高兴也喝，悲伤也喝，最后终于把身体喝垮了，死的时候才五十三岁。

阮籍是七贤的领袖，嵇康是七贤的灵魂，嵇、阮一死，竹林七贤事实上就散伙了。爱打铁的向秀，心性并没有钢铁般坚硬，他妥协了，去和朝廷求官做。对他的屈服，司马昭很高兴，用胜利者的口吻说，你不是想做巢父和许由那样的隐士吗，怎么也来这儿了？既然已经到了这个地步，向秀认怂认得很彻底，说巢、由那样的人，也许是不明白尧求贤的心意，没什么好羡慕的。从此就在朝中当了一个不大不小的官儿，但啥事也不干，容身而已。当然司马昭也不需要他干，他是一个皇帝对名士胜利的象征。向秀在嵇康死后几年便也去世了，年仅四十五岁。我要说，在嵇康死的那一天，向秀其实也死了，在朝中的不过是行尸走肉。

还有阮籍的侄儿阮咸，继续着他放浪不羁的生活，但丧失了嵇、阮的风骨，名士只不过是些浮华无行、哗众取宠的人。他不知道活了多少岁，但得保天年。

最后是刘伶。在七贤中他事迹最少，只知道他贫寒且好酒，最后不知所踪。我们都知道，他曾经乘车载酒，让一个仆人跟着，边喝边漫无目的地走着，说死哪儿就埋哪儿。也许真和他说的一样，他醉死在了某个荒郊野店。如果拍电影的话，我会给他这样一个镜头：残阳夕照，一辆破车上一个枯槁的背影，渐渐地消失在地平线下……

天地如墨。

春 信
没有谁是不老的

在中国古代,一到冬天数九,人们会画《九九消寒图》,简单的就是写九个九笔的的字,比如"庭前垂柳珍重待春风",每天写一笔,等写完了,柳树就绿了。复杂些的,就会画一枝梅花,十几朵梅花,八十一枚花瓣,每天染红一瓣,等八十一瓣染完了,冬天也就过去了,又风雅又有趣。

为什么要画梅花呢?我觉得大概是梅花这种花寒冬开放,一直会到来年春天,等它的花期过了,其他的花才开始争奇斗艳,所以通俗说,梅花也被称为"报春使者"。用这个预示春天的到来,再合适不过。清朝的宫廷画家、意大利人郎世宁曾画过一幅《平安春信图》,所谓"春信",也就是图中人手持的一枝梅花了。

如果说起这幅画,那说的就更多了。图上两人,一老一少,年少的手拿梅花给长者看,像是告诉他梅花开了。一直以来,大家都认为这一老一少,是雍正和乾隆父子。我刚看到的时候,只是奇怪为什么这两位清朝的皇帝,居然会穿着汉服。后来见得多了,才发现,康、雍、乾诸帝,穿着汉服像是人家的爱好,故宫博物院藏着许多这样的画。有人说这大概是这几位皇帝虽然身为汉族的征服者和统治者，但内心其实是汉文化的崇拜者。也许是这样吧，不过也有可能仅仅觉得新奇，就好像我们游览景点，喜欢穿长袍马褂拍照一样——我们可不是清文化的崇拜者。

其实更可值得奇怪的是，画中这一老一少，就算他们是父子，那也长得太像了。所以不断地有人说，这两人是一个人，就是乾隆自己。这是郎世宁一种很富机巧雅趣的处理，类似于宋人的《二我图》——图中人物和自己的画像相对。这幅画被收藏在清朝宫廷，大概乾隆看见了，比较喜欢，所以才让郎世宁画了一幅类似的画。

画上的那首诗，也可以为这个观点做个注脚："写真世宁擅，缋我少年时。入室幡然者，不知此是谁"。该诗明确说这幅画是乾隆年轻时，郎世宁画了送给他的。要是画了他们父子，从道理上讲，先应该献给雍正吧。

这首诗是后加在画上的，那时郎世宁已经去世十好几年，而画诞生的年代就更久远了。所以才令古稀的乾隆感慨"入室幡然者，不知此是谁"——他的青春已经过去太久，以致连自己年轻的样子也不知道了。画上还有几方印，最左面是"八徵耄念之宝"，说明乾隆八十多岁时又拿出来看了半天。真是人越老，越忆旧，越怀念年轻的自己。

马上过年了，本来是想给大家介绍一幅吉祥的画，说着说着竟然扯到这儿开始伤春。这也没得办法，对青春易逝的感伤，谁都不能免俗啊。希望还年轻的朋友，看到这幅《平安春信图》，能珍惜自己的好时光——这样写呢，看得就比较励志了。

醉 眠
他醉了，我们继续

现在人喝酒，大多缘于人情社交，不得不然，所以严查酒驾以及禁止干部公款吃喝之类的规定很得民心，即使是周旋在酒场中的人，也非常欢迎，觉得脱离了苦海。古人宴饮酢酬之际，当然也免不了推杯换盏，无酒不欢，但是看他们的诗文，好像酒对于他们，已经成了生活中须臾不可离的一部分，高兴要喝，不高兴也要喝，伤春要喝，悲秋还要喝，三两知己要喝，便是一个人，也要独酌。

单纯就喝酒而言，境界无分高下，是不是酒道中人，只有一条标准，那就是能喝多少，除此之外，都是浮云。在纯正的酒徒看来，喝死贵死贵的茅台并不见得高人一等，喝塑料袋装的散酒也不是见不了人。而要分辨一个人的真性情真面目，则是在酒后。比如说竹林七贤，山涛喝到自己的量就不喝了，阮籍便非要喝得吐血不可；高帅富嵇康，喝得越多反而越帅，人说像"玉山之将崩"；穷挫丑刘伶，喝得越多，越不像样，都在屋子里裸奔了；王戎小气，所以阮籍连酒也不和他喝，而阮咸压根儿不挑酒友，就是猪要和他走一个，也许跟着就干了。

这些酒后的性情面目，也说不上好坏，同气相求，只看面前站上这么个人，你愿不愿意和他喝了。比如说，我就不想和阮籍喝——非要喝到吐血或者连醉两三个月，那真是舍命陪君子了。然而有些人，本来大家喝得好好的，你也觉得碰上了好酒友，他却突然赶你走了，你还肯不肯和他喝？这才是令人纠结的。

陶渊明就是这样一个人。本来是可以做个好酒友的，第一，他爱喝酒，也不挑酒（因为家贫，也没挑酒的资格吧），第二，每逢来客，不分贵贱，只要家中还有酒，他肯定是不吝啬全拿出来的。可是，关键是，陶渊明喝酒的目的太单纯了，他就是要醉。本来这也没什么，真正的酒徒都认为喝酒不醉就和没喝一样，关键是他喝好了喝醉了，就不管旁人了。史载："贵贱造之，有酒辄设。潜若先醉，便语客：我醉欲眠，卿可去。"这有点把客人当下酒菜的意思啊——酒不喝了，自然也不需要下酒菜了。也不想想，你是喝好了，可万一我还少两三杯呢，把人吊到半空中，难受不难受啊！所以我推测，陶渊明的朋友应对的招儿就是，不管你醉没醉，反正我要先醉了。

这样明显不符合待客之道的事情，流传到后世，居然也成了名士的风范，很多人说这说明了陶渊明的率性和洒脱，这明显是没为他的朋友考虑嘛。宋元之际的钱选画过一幅《扶醉图》，上面就描述了朋友们的反应：图上，地上放了三个横七竖八的坛子，看来酒都喝光了。陶渊明倚坐竹床，已经挥手作别了，"我醉欲眠，卿可去"估计也说了。这时，一个朋友正作揖辞别，另一个朋友已经举步向外了,这两人都盯着陶渊明,似乎期望他再挽留一下,但陶渊明眼神迷离,看也不看这两人,要是其中一个是我,真是好生尴尬和遗憾啊。

然而也要理解陶渊明。酒对于他,与其说是灵魂的寄托,毋宁说是避世的工具。因天下已无乐土,所以只能在醉中觅得清静安宁。钱选写的一首诗中说"当世宜沈酣,作色召侮辱"——在那样混乱的时代,话固然说不得,就是脸色变一变,也害怕被人说腹诽,所以只好大醉不醒,与世同昏了。既然是他的朋友,也明白这一点,他醉了他睡了,我们且去继续我们的酒局。

授 经
一个王朝和一个家族的故事

历史上，有些事情，一发生你就知道它很重要，比如陈胜吴广拉竿子起义，不用人提醒，大家也知道石破天惊，所揭之竿，所斩之兵，都应该陈列在汉朝的"革命博物馆"里；有些事情，普通得好比吃饭喝水，但随着时间慢慢流逝，才发现这事情，意义深远影响长久，比如说，张良给黄石公捡鞋，要不是附带送了本书，即使是在学雷锋日，也没什么了不起的，可就那本书，可以说是汉朝四百年江山的引子。

还有伏生授经，无非是个讲课的故事，值得说的似乎是，老师年龄实在太大，剩下的，怎么引申，也只会说"春蚕到死丝方尽"，可实际上，这件事，影响了两汉四百年以及之后漫长的岁月。

伏生是现在山东济南人，秦朝的时候就担任过博士的官职。这个职位，一般只授予那些学问渊博通晓史事的人。等到汉朝建立几十年后的文帝时，国家终于从战争和动乱中走出，天下安定，政府开始要做些文学教化的事情，就想起了他。那时，伏生已经九十多岁，不可能再去京城。汉文帝就派太常掌故晁错赶往伏生家里，学习他藏下来的《尚书》——这件事情，和我们现在正在做的保护非物质遗产很类似吧？也许整个工程很有意义，但单拿出某一个来，成就再大，也只是给当今盛世锦上添花。

不过，伏生授经这件事，比现在任何一个非遗项目的保护都重要得多。先从学术上说，《尚书》赖伏生而传，用汉朝通行的字体记录，被称为"今文《尚书》"，以别于从孔子故宅中发现的用先秦六国文字书写的"古文《尚书》"。刚开始，今文《尚书》是官方指定，古文《尚书》由此不为学者所知。但在后世两千年里，一会儿东风压倒西风，一会儿西风压倒东风，今古文《尚书》之争是中国学术史上最激烈最复杂最长的一次缠讼。然后，学术影响到了政治，书生的争论演化成政治家的攻讦。别的不说，比如说，古文派的大师章太炎和今文派的大师康有为，一个革命一个保皇，斗了几十年，那时可到清末了。

说这些就太枯燥了，还是讲讲故事吧。晁错学了《尚书》回朝，文帝很高兴，就给他了升了官，太子舍人。当时太子是刘启，后来的汉景帝。在任太子属官时，晁错认为太子应该在朝政中发挥更重要的作用，学习治国的实务，取得了文、景两帝的信任和欢心，到景帝时，做到了御史大夫。再后来的事，我们都知道了，晁错因为七国之乱被当成了替罪羊，惨被腰斩。在死亡来临的那一刻，当他回溯既往的时候，也许会想起他请教伏生的那一幕，他一生荣耀和灾难的起点。

被伏生授经改变的东西还有很多。再往后学《尚书》者，终两汉一世,都是伏生一脉,到东汉末,五经十四博士,治《尚书》的三家,欧阳家、大小夏侯家,还都是伏生的后辈门人弟子,传承谱系清晰可见。而在两汉,做官的大都是文学之士,有如后世翰林。伏生传下一部《尚书》,不知催生了多少高官显宦。

而伏氏一族,自然家学渊源深厚,世有大儒,也是簪缨巨族,到东汉因伏湛为光武中兴重臣,所以伏氏更加兴盛。伏家的显赫在东汉末年到达了顶峰,伏湛七世孙伏完娶了公主,女儿还嫁给了皇帝,正常情况下,再保伏氏一门三代富贵应该不成问题,但可惜的是,女儿嫁的那个皇帝叫刘协,也就是汉献帝,数起史上最憋屈最委屈最窝囊的皇帝,他怎么也出不了前三,当了三十年皇帝,没一天不是在曹操父子的阴影下度过的。对这样的形势,伏完还想徐徐图之,但他女儿伏寿却等不了,密谋清除曹操,不幸事情泄露。伏完已经过世,逃过一劫,但伏寿却当着皇帝、她的丈夫的面,被曹操抓走,在冷宫处死。由是伏氏一门受到牵连,被曹操诛杀殆尽,元气大丧,一个辉煌了四百年的家族就此凋敝。六年后,东汉灭亡。

从伏生授经到伏寿殒命,从奠定汉朝文治基础,到为汉室贡献最后一分元气,伏家对刘家真是仁至义尽,但如果伏生能预知到那样一个悲惨的结局,会不会给汉文帝的使者吃个闭门羹呢?

方 士
大唐帝国隐忧初现

那一年,玄宗至道大圣大明孝皇帝李隆基五十岁,"开元盛世"已经到了第二十三个年头,大唐帝国走到了它最好的岁月,四海升平,万方宾服。李隆基志得意满,没有什么事能让他烦恼,也没有什么事值得他劳神。他突然发现,似乎他余下的生命,除了悠游地当太平天子外,再也没什么可做的了。

就在那一年,作为对刻板乏味的宫廷生活的调剂,一个方士走进了皇帝的殿堂。他叫张果,民间俗称是张果老,后来成为民间著名的"八仙"中的一员。在八仙中,他并不显得特别突出,但在当时,却是个了不起的修行有道的高人。人们都说,先帝太宗、高宗时,就想延请入宫,但都被拒绝,则天娘娘都找到了他,但他却一下"死"了。如今肯见当今皇帝,正是因为天子有德,所以仙人高士都愿意效命啊。

在宫中,张果为皇帝展示了他许多奇异的本领。有一幅《张果见明皇图》,说的就是这件事。图上,皇帝威严地坐在宝座上,那个白须峨冠的人自然是张果,蹲着的小童,从布袋中放出一匹鞍辔俱全、只有猫那么大的小马来，四蹄腾飞，朝御座飞驰而去，很是有趣。

而在文字的记载中，这样的事还有很多，比如说，张果拔光自己的头发牙齿，须臾就全长出来，"青鬓皓齿，愈于壮年"；比如说，他阻止了玄宗皇帝杀一只鹿，因为那鹿是汉武帝放生的，而他就在跟前；比如说，玄宗皇帝想把玉真公主嫁给他，他能提前得知，还说"娶妇得公主，平地生公府。人以为可喜，我以为可畏"，竟然还拒绝了；比如说，有个道士因为泄露了他的来历，"此混沌初分时白蝙蝠精"，马上仆地而死，还是玄宗皇帝求情，才得以复活，但他自己却说，他是尧帝时候的人，还任过侍中……

玄宗皇帝觉得张果是个真正的高人，于是授官赐号。在他出宫很久以后，张果究竟有多少岁，还是大家议论的热门话题，连当时的史官，也郑重地记载下这么一条：开元二十二年二月辛亥，"征恒州张果先生，授银青光禄大夫，号曰通玄先生"，这在素来正统严肃的史书中，也算是个小小的异数。

不过，在我们今天看来，这个张果，如果不是个会些江湖把戏的骗子，也仅仅是个以幻术谋生的方士，他的这一条记载，不是专门留意的人，是不会注意到的。倒是紧随其后的一条，常为研究唐史的人所提及："五月戊子……黄门侍郎李林甫为礼部尚书、同中书门下平章事"——这是李林甫专权的开始，他后来独掌朝政十九年，摒弃贤能，杜绝言路，成为大唐兴衰的一大关键点。

再八卦点儿，那时还发生了一件对当时、对后世影响深远的事。当年七月，杨玉环嫁给了李隆基的儿子寿王李瑁。后来，李隆基他把他的儿媳、寿王的妃子弄进了后宫，虽然没听见有人唱"墙有茨，不可扫也。中冓之言，不可道也"这样的歌来讽刺，但这样劲爆的宫闱丑闻，还是不可避免地在唐朝的大街小巷传开了。

就是这样，一个方士在宫廷表演，一个宰相在朝堂弄权，一个女人在后宫得宠——确定无疑地显示，这位曾经励精图治曾经英明神武的皇帝陛下，已经无心朝政了，这是盛世最大的隐忧，可惜当时没人能想得到。

使 者
连李世民都赞叹的人才

和亲,实质上是用女人换取暂时的和平,这个词并不像它字面上那么喜庆,总是有些悲凉的色彩。杜甫给王昭君写诗,说"一去紫台连朔漠,独留青冢向黄昏",是对这种情绪恰当的渲染。即使在清朝,虽然不再有屈辱的成分,但远嫁的公主和宗女也很惨,据说很少有人能活过四十岁。而只有在大唐,和亲才回归了本来的目的,比如文成公主远嫁吐蕃的松赞干布,成为两个国家友谊的象征,也是两个民族文化交流的纽带,最关键的是,像童话中说的那样,"王子和公主幸福地生活了很久很久……"

今天,我们说起这件盛事,会说唐太宗李世民的广阔胸襟,会说文成公主的深明大义,也会说松赞干布的高瞻远瞩,但少有人会说到中间还有一个重要的人物,在对大唐和吐蕃两国的交流上——至少是一开始——有比文成公主更重要的作用。它叫噶尔·东赞,是吐蕃的大论(宰相),所以,在汉文文献中被称为论东赞,也是出使大唐的使者。当时吐蕃刚大败于大唐,却再次提出要迎娶大唐公主,这得需要多少勇气啊。而承担并完成这一非常使命的人，不用说，也得是个非常了不起的人。

阎立本画过一幅《步辇图》，使得我们可以窥见这位论东赞的真容。在图上，太宗皇帝自然是坐在步辇上的那位，站立的三人，红衣者为典礼官，白衣者为通译，中间服饰迥异于两人的，就是论东赞。他身材瘦削，神色恭谨却不怯懦，凝视着那位端坐的"天可汗"，平静地传达着的来自高原之主的问候和请求。

据民间传说，当时向唐太宗提出要迎娶公主还有几个国家，为决定将公主嫁给谁，唐太宗出了六道难题来考验各国的使者：如何将一根柔软的绫缎穿过明珠的九曲孔眼；如何辨认一百匹骒马和一百匹马驹的母子关系；如何让一百名求婚使者一日内喝完一百坛酒，吃完一百头羊；如何辨别一百段松木的根和梢；如何夜晚出入皇宫不迷路；如何从三百名女子中辨认出真正的公主。靠着论东赞的聪明、细心和随和的性格，他完美地解答了这六道难题，由此在使者中胜出，将公主娶回了吐蕃。

我不相信这个故事是真实的，即使它现在还绘在了西藏大昭寺和布达拉宫的墙壁上。我认为，对这么一件庄重而严肃的事，不应该凭着使者的智商做决定，李世民也不是那样不靠谱的皇帝，假如和吐蕃和亲对大唐更有利，即使松赞干布派来的是一只猪，文成公主也不会嫁给别人。但这个故事传达的信息是真实的，甚至，真正的论东赞比民间故事中的那个人还要睿智。《旧唐书·吐蕃上》说，东赞"虽不识文记，而性明毅严重，讲兵训师，雅有节制，吐蕃之并诸羌，雄霸本土，多其谋也"，而且，史书中还专门说了一件小事，以丰富论东赞的形象——这可是松赞干布也没有的待遇：

因为出使大唐得到了李世民的赏识，李世民就授了他右卫大将军的官职，而且，想把琅琊公主的外孙女嫁给他。也许是想就此把他留下来吧。但论东赞说，我已有妻子，这个诏命不敢接受，更何况我家国主松赞干布还没有见到公主，作为使臣就娶妻，这显然不合适。"帝异其言，然欲怀以恩，不听也。"也就是说，论东赞在见识了大唐的兴盛和文明、太宗的英明和大度之后，却没被为更伟大君主服务，取得更伟大功业的远景诱惑，依然保有了自己作为吐蕃之臣的尊严和忠诚，这实在是比睿智还了不起的品格。

论东赞为吐蕃大论二三十年，他死后，他的儿子们相继担任此职，吐蕃政事兵权，尽皆在握。他的家族也由此被后起的吐蕃赞普猜忌，在一次政变后，论东赞孑留的子孙们率族人投奔了大唐，并改汉姓为"论"，以纪念他们那位睿智而忠诚的祖先——论东赞。

洛 神
一个甄妃毁三观

公元222年,魏文帝黄初三年,三十岁的曹植朝罢京师返回封地,经过洛水的时候,据他说是"感宋玉对楚王神女之事",作了《洛神赋》,讲述了自己和洛神宓妃邂逅缠绵然后怆然分别的故事。然而大家都说,这个洛神,其实是曹丕的妃子、曹植的嫂子甄妃。

《洛神赋》被收入《昭明文选》,唐代的李善在注解中说,甄妃是甄逸的女儿,曹植很喜欢,曹丕也喜欢,但后来还是嫁给了曹丕,可曹植还是念念不忘,"昼思夜想,废寝与食"。曹丕登基,曹植就藩,有次返回京师,但甄妃已在宫斗中殒命。曹丕给他看甄妃的玉缕金带枕,曹植睹物思人,不禁泣下。后来曹丕通过太子将枕头送给了曹植。当晚曹植就做了个梦,梦见甄妃前来,说"我本托心君王,其心不遂",枕头是当初嫁给你哥哥的陪嫁,现在到了你手里。"遂用荐枕席,懽情交集,岂常辞能具"。甄妃还说,她被曹丕皇后所害死,形貌已毁,羞于再见曹植,就派人送珍珠给他,曹植回赠玉佩,并在悲喜交加之下作了《感甄赋》。曹丕和甄妃的儿子曹叡当皇帝之后，为长辈们遮掩，改了赋名，曰《洛神赋》。

古人重礼俗大防，嫂溺叔援尚且受人非议，何况这种公然苦恋，不过像曹植这样的惹人爱惜的文人免不了有人给他脱罪。于是有很多人辩解，最无趣、最正统的一种解释是，曹植其实是以洛神自托，向他的哥哥发牢骚，示忠心，纾解政治抱负不能实现的苦闷——这让写过"本是同根生，相煎何太急"的曹植情何以堪啊。另一种貌似合理的解释是说，甄妃大曹植十岁，甄妃嫁给曹丕时，曹植还是小屁孩儿呢，两个人应当没有情感纠葛。但是，"重庆爱情天梯"的故事却将这种解释也击穿了。在那个故事里，当男女主人公相遇时，男主人公才六岁，而女主人公已十六岁，还不是被丘比特之箭射中了吗？对于爱情来说，年龄确实不是差距。

即使现在传统道德体系被打破，古时候许多金科玉律到现在已成笑话，但这种小叔子和嫂子的故事还是太重口味毁三观——幸亏这个故事确实是酸秀才们的杜撰。真实的情况是，甄妃本是袁绍儿子袁熙的妻子。曹、袁官渡之战，袁军败绩，居住在邺城的甄妃也被围在袁绍府邸，曹操命令任何人不得妄进。但是作为曹操嫡子的曹丕无视命令，径直闯入，在后堂看见了蓬头垢面（应是防备乱兵的一种无奈方法吧）的甄妃，曹丕亲自用袖子给她擦拭，转眼间光彩照人，曹丕立刻将他带走。等曹操进城后，见到了曹丕和甄妃，说，真吾儿妇也，遂许了这门亲事，也没有追究曹丕违命——这里面没有曹植的事啊。

说到这儿，就无法回避历史的另一种可能了——比曹植恋嫂还要毁三观。《世说新语》里面说，"曹公之屠邺也，令疾召甄，左右白：'五官中郎已将去。'公曰：'今年破贼正为奴。'"这话好像没说完，下半句应该是"怎么被那小兔崽子抢了先"，但满腹的牢骚和抱怨还是清晰可见。这是比兄弟情敌还让人掉眼镜的父子同好啊——后世大唐，开启贞观之治的李世民抢弟媳，创下开元盛世的李隆基抢儿媳，人家曹操曹丕曹植，一门三杰，神文圣武，在这一点上也不落下风吧。后来这事还被当时的意见领袖孔融讥刺，在给曹操的一封信里，他说，"武王伐纣，以妲己赐周公"。曹操想了半天，也想不起这回事来，但被孔融的学问吓住了，虚心请教出自何典。孔融说，"以今度之，想当然耳"——你不是把人家袁绍的儿媳弄进自己家了吗？

为什么呢，为什么呢？尽管史书中说甄妃有聪慧而贤德的品格，但最大的原因猜测还是甄妃太漂亮了，让那时的英雄们难过这座美人关。顾恺之画《洛神赋》，那发黄的画轴上很难看出以甄妃为原型的洛神样子，只能从曹植的文辞中想象她的风姿了：

> 其形也，翩若惊鸿，婉若游龙……秾纤得衷，修短合度。肩若削成，腰如约素。延颈秀项，皓质呈露，芳泽无加，铅华弗御。云髻峨峨，修眉联娟，丹唇外朗，皓齿内鲜。明眸善睐，靥辅承权，瑰姿艳逸，仪静体闲。柔情绰态，媚于语言……

隐 士
在人间不在世间

历史上最古老的歌是尧帝时期的《击壤歌》:"日出而作,日入而息。凿井而饮,耕田而食。帝力于我何有哉?"据说出自当时一位老人之口,顺生安命、清简散淡,加上对富贵权位的蔑视,从此在中国传统文化中,就出现了"隐士"这一形象。孔子周游列国,就碰上过不少这样的人,比如荷蓧丈人、长沮、桀溺、接舆等等,有些人对他客气,也有些人嘲讽他,但孔子对这些人都很尊敬,因为他们这些人虽然改变不了世界,但也绝不肯和世界同流合污,有自己的原则和坚守,在这一点上,孔子和他们的心灵是相通的。

世界从来不会完美,甚至,不论在什么时候都有人认为身处的世界是有史以来最坏的,所以隐士在历朝历代都不缺乏。以至于,一说自己是隐士,就天然地有道德优势。历朝历代的君主们非常不喜欢这些人,但为了显得自己像个开明、仁慈和宽容的帝王,还得容忍这些人的存在,并不断请求他们出来做官,以至于当隐士反而成了求名求官的终南捷径——嗯,这个典故本身就是用来讽刺假隐士的。

还有一种隐士,也不能算真隐,他们只是蛰伏等待时机,比如隐居在南阳卧龙岗上的诸葛亮,即使刘备不三顾茅庐,也必然会出山的,否则何以刘备一找他,就能拿出一整套计划呢?

不过,不把隐士当幌子的人肯定是大多数的,煌煌记载在历朝史书中的《隐逸传》里——咦,既然都"隐逸"了,怎么还会有名字和事迹流传呢。这个事儿不太好说,不细解释了。

今天说的这位隐士,是东汉的梁鸿。他给我们留下了一个成语,"举案齐眉",现在多用来形容夫妻和睦。当然本义不尽如此。

梁鸿的父亲做过小官,死于西汉末年的乱世。梁鸿虽然早早地失去父亲,但好在自己勤奋而聪明,在太学就读时,"博览而无不通",但却"不为章句",这在明经通义后便能够具备做官资格的汉朝属于自绝仕途——是什么让他年纪轻轻就有了避世的念头呢?既然要避世,何以还要读书呢?这些问题早就没了答案,反正梁鸿一辈子不是给人做佣工,就是自己开荒耕田。

后来梁鸿回了故乡,同县孟家有个姑娘,"状肥丑而黑,力举石臼",三十岁了还没嫁人,可偏偏还挑,说就想嫁个梁鸿那样的人。梁鸿听说了,还真的去求亲了。没几天,姑娘就嫁过来了,陪嫁没有钱财,就是一堆锄头、爬犁、纺车等工具。过门几天,这位姑娘老是穿着绫罗绸缎,梁鸿就不理她。说,我是想要个能和我一起隐居的人,穿成这样我就不喜欢了。姑娘说,我是试探你看你是不是真想隐居。立刻换了粗陋的衣服,两个人高高兴兴躲深山了。梁鸿还给姑娘起了名字,叫孟光,字德曜。

五代的卫贤曾以这题材作过一幅画，名为《高士图》。据说一共六幅，还有其他隐士，合起来是一架屏风，但今天就剩下这一幅。图上重峦叠嶂，溪水远带，山林环抱的亭阁中，梁鸿端坐榻上，而孟光跪于榻前奉食，正是"举案齐眉"的场景。

这画很美，但禁不起琢磨，两夫妻的私底下的事儿，怎么就被传开了呢？其实史书中是这样说的。梁鸿给一个叫皋伯通的人做工，住在庑下（庑，正房周围的廊屋），举案齐眉的事就被看见了。皋伯通就很奇怪，一个这么卑微的人，怎么还能得到妻子如此的尊敬呢？因而觉得梁鸿不是普通人，从此就把他们收留在家里。后来梁鸿去世，皋伯通还把他葬在了著名刺客要离的墓旁。

梁鸿的一生就是这样，除了他读了很多书外，和当时那些下层的劳动人民应该没啥区别。这才是真正的隐士所为吧，他是有资格唱那首古老的歌的：

　　日出而作，日入而息。凿井而饮，耕田而食。帝力于我何有哉？

编个绯闻闹革命
——晋省辛亥琐事一

现在一提娱乐新闻,几乎可以与八卦等量齐观,其中又以绯闻为多。有识之士大多痛心疾首,说人民群众的趣味未必那般低俗,而报纸杂志偏爱以情事隐私来蛊惑读者,只为满足一小部分人阴暗且卑下的欲望。但实际上,娱乐新闻还是有它的用处的,小者愉悦群众,大者推动革命。

你没看错,娱乐新闻也是能推动革命的。

这是我们晋省的事情。话说清朝末年,革命已成燎原之势,大清朝廷危如累卵,朝不保夕。但百足之虫死而不僵,毕竟是二百多年的老底子,一时半会儿还败不光。就算百分之九十的官员昏聩无能,还有百分之十的干员能吏撑着四处漏风的破屋勉强不倒。

山西巡抚丁宝铨就是其中一位。此人光绪十五年(1889)中进士,当时才二十四岁。从中央下来后,道台、臬台、藩台都做过,熟悉地方情事,不是一般不知民生国计的书呆子官。更难得的是,此公也算通达时变,清末立宪党人向皇帝请愿请求速开国会的时候，各地督抚也联名上奏，出面联络的除了云贵总督李经羲，便是此公。当然，丁大人虽然是赞成立宪的，却绝不肯和"乱党"妥协，和亲信、督练公所教练处帮办（清末的新军训练营副主管）、素有知兵之名的夏学津，时刻侦查革命活动，谨防山西的革命党成了气候，据说颇有功效。

但是，大清朝的干练能臣，势必是革命的绊脚石，在山西的同盟会员阎锡山、南桂馨、王用宾、景梅九等人看来，丁宝铨真真正正算是"眼中丁"，必欲拔之而后快。但人家丁巡抚军政大权在握，又没有什么了不得的劣迹，"拔丁"无从下手。

当时，虽然阎锡山等一些同盟会员已经在新军中担任了高级军官，但总体看，革命党的实力还不够，只有报纸是真正掌握在自己手里的。所以，阎锡山和南桂馨就搞了个宣传小组，专门在报纸上宣扬丁巡抚和夏帮办的丑事——丁巡抚既然自命开明，许多时候对压制舆论还有点忌讳。

登载丁宝铨的什么丑事呢？似乎也只有男女情事才能引逗起大家的兴趣，而且此类事情，虽然往往查无实据，但无奈传者会用"事出有因"来搪塞，当事人明知道捕风捉影，也不敢澄清辩白，唯恐越描越黑。据说——只是据说啊——夏学津的妻子很漂亮，也许因为夏的缘故，还拜了丁宝铨做干爹，由是常常出入丁府。心怀叵测的革命党阴阴一笑，就在这上面做起了文章。在晋的《晋阳公报》和在京的《国风日报》（山西人景梅九创办）大肆宣扬，弄得丁大人灰头土脸，无地自容。

后来，加上些别的缘故，《晋阳公报》被封，主笔王用宾留下了一句"墙有茨，不可扫也。中冓之言，不可道也"（《诗经》中讽刺宫闱乱伦丑闻的一首诗），扬长而去。而在丁巡抚鞭长莫及的北京，景梅九就没有这般含蓄，直接点着名字就讲起了八卦。他说有人告了他一个段子（又是据说）："因夏某被御史参掉官儿，（夏的妻子）向丁求情，莺声燕语地向丁叫了声干爹，并拜下去道，你老人家总要给想法子才行！老丁连忙扶起笑道：那自然，那自然。……我听了，编了一编，登在报上，真把老丁气死。"

本来便是道听途说，还要"编了一编"，添油加醋，丁大人自然成了京城权贵圈的笑柄，不免传到当权者耳中，于是竟然因为"报上登载的劣迹太多"，"便把这'丁'轻轻拔去了，换了个姓陆的"。事实证明，这个姓陆的品行尚好，但干事不行，革命党就在他任上举义成功。

这段故事，于新闻道德上，绝对不足为训，但因为是革命的需要，人们从来不以为忤，编造者、编撰者后来都成了辛亥元勋，几十年后谈起来还眉飞色舞，认为是莫大功绩。再后来形势一日三变，时代洪流滚滚向前，早把丁巡抚抛在身后，谁还会给他平反？连带着那位漂亮的夏夫人，都成了历史的牺牲品。

忠臣孝子不好当
——晋省辛亥琐事二

在古人看来，忠孝一体。谚语说，"君子事亲孝，故忠可移于君"，是以求忠臣必于孝子之门。但因为历朝历代开国君主登上宝座，除了篡逆和造反，好像也没有第三种方法，这"忠"字就有点儿说不出口，所以只好宣扬"圣朝以孝治天下"。承平时代，忠孝勉强还能做到两全，但王朝鼎革之时，是破家勤王还是保家背主，总得费些思量。

我相信，山西末代巡抚陆锺琦的公子陆光熙，在清季末造，革命风雨欲来之时，心里就非常之矛盾、痛苦。首先，陆光熙是孝子，有过"割股和药以侍父疾"的高尚孝行，同时，他光绪三十年（1904）中进士，被选为翰林院庶吉士——在古代，入了翰林院，那就被视为"储相"，假如没有大错，混得再差，也能当上一部的首长。后来，还留学日本学陆军，归国后陆续升迁为翰林院侍讲。从新旧两方面看，他都是被清王朝寄予厚望、期为柱石的精英，假如革命不爆发，他很可能成为忠臣孝子的典范。但是，陆光熙有个秘密，一个让他做不了忠臣的秘密。据说，他是同盟会员,是要颠覆朝廷的乱党。(学界对陆光熙是否参加同盟会存在争论,但在日本时期,陆光熙就剪了辫子,从这一点看,他至少是倾向进步的。)

这个秘密他的父亲并不知道。陆锺琦是古代典型的官僚,不论从经历还是道德,堪称士大夫的表率——"少劬学,以孝称",中进士,为编修,仕宦地方,勇于任事,一路迁转,最终成为封疆大吏,就这么走下去,死后不难得到一个"文端""文定"的美谥。但可惜遇到那样的时代,陆大人哪有挽狂澜于既倒的本事,唯有以死明志,做一个大清朝的忠臣了。辛亥年武昌起义后,他对次子陆敬熙说,"大事不可为矣",一旦有什么不测,别拦着我死。陆敬熙没了主意,就去北京找他哥哥陆光熙回来。

陆光熙忠臣不做,孝子总得做,就来到山西和他留学日本的同班同学、同盟会领导人阎锡山谈判——阎锡山是革命党,这估计在同学间也算不上秘密。老实说,辛亥革命一起,各地督抚肯望风而逃不投降的都算对得起宣统小皇帝了,还有像江苏巡抚程德全那样摇身一变成为新政权督军的呢。再说,陆光熙的计划也不是要和革命党作对,图的是不战不降,调停中立,和平过渡的路子。阎锡山也有举事后拥戴陆锺琦的计划,所以,这个事也不是不能谈。但可惜的是,两个人互相不信任,陆光熙没说自己是同盟会中人,只和阎锡山说,武昌起义了,你们要怎么应付呢?如果要我父亲离开,我也能设法去说,面对巡抚公子,阎锡山胆子再大,也不能把起事的消息大剌剌告他,只好左一个不明白,又一个再说吧,应付了事。

学者张鸣说，"山西是在革命中比较混乱的省份，革命时动了武，革命后，北洋兵又打上来，兵来兵去，扰动相当大"。这个故事深刻地告诉我们，一定要和同学处好关系——要是陆光熙和阎锡山在日本那会儿常吃吃饭喝喝酒泡泡澡堂子，山西的光复不就是哥俩儿的一句话吗？

历史不能假设，反正时间这么一拖，就到了九月初八凌晨，革命党起事了，冲进巡抚衙门。陆巡抚和陆公子同时被杀——想想都替陆公子冤得慌，不仅被自己的同志所误杀，自己的父亲也没能救下来，孝子也没得做，九泉之下也不知道怎么和父亲说。

同时，历史又和陆公子开了个玩笑，让陆公子"失之东隅收之桑榆"，后来，陆锺琦被逊清小朝廷谥"文烈"，陆光熙也得了一个"文节"——"临义不夺曰节"。很明显，陆光熙是被清朝视为忠臣了。

巡抚之死的罗生门
——晋省辛亥琐事三

个人以为，世界上有两种史学家。一种是我敬仰的。在古代，他们好谈大势，在近代，他们喜说规律。历史在他们上帝般的笔下，有种庄严的秩序美感。另外一种，是我喜欢的。他们似乎不懂得什么叫宏大什么叫潮流，常以八卦的心态热心找寻隐藏在历史华丽长袍下的隐秘纹路。如建文帝是否死于宫中大火，孝庄是否下嫁于小叔子，乾隆是否是汉人血脉这些无关历史走向，却每每能引发我们好奇心窥私欲的无关宏旨的小节。这两种史学家在书写着同一个历史，但讲述的却好像两个故事（就是在同一个阵营，他们也常常争执呢），所以，几乎每一个历史事件都有一个罗生门。

山西的辛亥革命，巡抚陆锺琦被革命军杀了，是少有的为清廷死难的督抚级高官——这一点毫无疑问，但事情的细节如何，历来说法不一。我们可以先请出一位证人谈谈，非常重量级的证人，阎锡山。

阎锡山回忆说，革命军冲进巡抚衙门后，陆巡抚"衣冠整齐"立于三堂楼前，他儿子陆光熙也在身边。陆光熙说，大家不要开枪，凡事好商量。但陆巡抚说（没得商量）你们照我打吧。因为他的随从有开枪的，革命军也就开了枪，父子俩同死于乱枪之下——这段话有两点值得注意：一是陆巡抚预感到革命军要来，所以穿好衣服等着；二是陆巡抚的人先开枪，革命军只好还击。他的意思好像是，如同小孩子打架，先动手的总是没理。

按说我们该相信阎锡山的话，因为他是辛亥革命山西的主要领导人，且在事后几十年才说了这段话，尘埃早已落定，没有说谎的必要。但实际上，阎锡山的话经不住推敲，他当时身处城外的小树林（有人说他在指挥起义，也有人说他在观望事态，那是另外一个罗生门的故事了），离事发现场远得很，陆巡抚如何被杀，他和我们一样，都属道听途说。

事情到底如何，还得听亲历者如何说。时八十五标二营左队二排四棚正目（相当于班长）郭登瀛，是攻打抚台衙门的先锋队成员。他说他们捣开抚台衙门大门，冲到大堂后院，陆巡抚刚听到炮声，从被窝里爬出来看风声，只穿着"短裤小袄"。对革命军"谦虚"地说，"兄弟我到山西没几天，弟兄们有什么事情。咱们可以慢慢商量。"郭登瀛等就问许不许他们革命，陆巡抚答不上来。陆光熙为了给父亲解围，拿着一包银钱跑了出来，往地上一扔，希望士兵们去抢，然后他们乘机逃脱。郭登瀛说："大家看到他们这一丑相，恨之入骨。两排枪就结束他们父子的性命。"——这与阎锡山的说法简直背道而驰大相径庭。

另一个亲历者，八十五标炮兵连的正目张博士的说法大略相同，但又有所出入，他说自己跟着攻打抚台衙门的革命军奋勇队队官张煌进了衙门主院，碰上了陆巡抚。陆巡抚说："我到山西，尚未满月，并没有做对不起山西人的事。"张煌就让陆巡抚说"反正"的话，陆没有作声，张煌当头便是一剑（其实是指挥刀），其余人从旁连击数枪，陆巡抚伏地而死。陆光熙从东屋出来，说，你们这是造反！张煌又是一剑，大家也随即开枪。陆光熙也就死了——没有扔银子的事了。

从这三种说法里，我们可以看到三个陆巡抚。阎锡山嘴里的陆巡抚，毫不畏死，可算大清朝的死节忠臣，而郭登瀛嘴里的陆巡抚，是一副老奸巨猾的形象，妄图虚与委蛇，他儿子更不堪，还想要用银子收买起义队伍。但张博士所说又有不同，陆巡抚开始摇尾乞怜，他儿子反倒"大义凛然"。你觉得哪个才是陆巡抚的真实形象？

还有更添乱导致事件愈加扑朔迷离的说法。八十五标二营右队二棚的史春元，说自己也是先锋队的一员，跟着张煌冲进了抚台衙门，"队伍一拥而入，到了后院上房门口打死一人，东房门口打死一人。这时张煌和众人问一老媪：'大帅（巡抚）何在？'老媪说北房门口死的就是大帅……"看到了没？张煌连巡抚已被他们杀了都不知道，遑论双方还有对话，陆巡抚的性命是稀里糊涂就丢掉的。

还谈什么形象，有姿势和阎王爷摆去吧。

革命的手段是搞腐败

——晋省辛亥琐事四

俗话说,搬起石头砸了自己的脚。这样的事情在历史中尤其常见,明明倚之为国之柱石,后来却证明是国之蠹虫,明明期之为救存之道,后来却证明是败亡之途。篡汉的王莽是外戚,可外戚在汉朝权重功高,亡唐的是藩镇,可开疆守境奠定盛唐气象,也离不开藩镇,宋朝文弱,一再被异族欺凌,逼得跳海了账,但三代以下文治第一的美名也不是凭空得来。我们都说不上其中道理,只好泛泛地解释一句"气运使然"。

等到了清朝,鉴戒历代得失,勉勉强强也过了二百多年,但也避免不了搬起石头砸自己脚的规律。庚子年和万国宣战,气魄雄心可说史上最强,然而结局之惨,也能排在前三。八旗绿营,湘淮后裔,个顶个地不经打,大家都说,得编练新军啊。这么做也不知道会有什么成效,只是推翻清朝,大家都知道,新军居功至伟——太后老佛爷泉下有知,会不会红一红脸?

按说虽然到了末季,但清廷内的明白人还有不少,为什么就会被革命党钻了空子,把清朝战术训练、装备武器最先进的新军控制了呢？其他地方不太清楚，看看我们晋省的故事，也许能明白一二。

山西编练新军，开始于1902年，庚子事变后第二年，到1909年才成军，一个协（相当于旅）下辖两个标（相当于团）。阎锡山后来说，"我回晋之初（就在1909年），被派为山西陆军学校教官，三月升任监督，旋为实际掌握新军，以种种努力，获调山西陆军第二标教练官，一年后升任标统"。这就是说，清廷山西的一半陆军，已经被作为革命党的阎锡山掌握了（另一标标统是黄国梁，同情革命）。

只是，"种种努力"到底是何种努力，阎锡山并没有说（其实是不太好意思说）。他的军需官，也是老同盟会员的南桂馨倒说得清楚。当时晋省政局，据说有北路南路之分，谘议局正副议长是崞县人梁善济、灵丘人杜上化，算是北路的首领，山西大学堂的监督是万泉县人解荣辂，《晋阳公报》主笔是安邑人王用宾，山西督练公所帮办是洪洞县人温寿泉，自然算南路头目。五台人阎锡山自然要与北路派走得近一些，再加上他的妻叔、山西大学斋务长徐一清的关系，"梁、徐常常在丁（宝铨）巡抚面前，替他吹嘘，颇得丁抚以下当局的信任"——地域加上裙带，这才是阎锡山发迹的开始啊。

当然阎锡山自身过硬的"素质"也不得不提，据说阎锡山回国之初，并未直返山西，而是绕道北上，到了京师，去找了自己未来顶头上司、山西新军协统姚鸿发的父亲姚锡光（时任陆军部侍郎），他说自己是留日学生代表，吹拍逢迎一番，便得到了姚锡光的赏识，姚锡光专门给儿子写信，指名要姚鸿发对阎锡山另眼看待，得到了如此强势的奥援，阎锡山岂能不一帆风顺。于此，亦可见阎锡山后来长袖善舞，左右逢源周旋于各方势力四十年不倒未非无因，那时他可只有二十六岁。

阎锡山有自己的解释，他拉拢权贵以攀高位，是为了能在新军中安插同盟会员，让革命的势力在新军发展，为起义做准备。无论目的是什么，这个结果还真达到了。奇怪的是，丁宝铨、梁善济等人未免太配合了些，当时留日学生中，革命思想非常盛行，这已是所有人心照不宣的事实，其他省新军中革命党虽然多，也不见得能当上标统管带什么的。丁、梁稍微注意一下，山西的革命岂会那般顺利？讲关系、说人情、托门路，这样"中国特色"的半公开式腐败真是害惨了大清王朝。

搞笑的事还有。姚鸿发后来说，只要阎锡山出五千两银子，他就去北京跑关系，让阎锡山接任他协统的职位。阎锡山只是为了更直接掌控军队，才婉拒了他。但五千两银子，就要把一省军权卖给"乱党"，这大清朝，真该完了！

我的选票是手枪
——晋省辛亥琐事五

西谚有云,"播下去龙种,收获来跳蚤"。我们总结过往,常常用它来形容历史中那些令人费解的悖论。就如百年前的辛亥革命,众所周知是当时中国人中思想最先进、行动最坚决、理想最崇高的一批人发动的,旨在为民族寻找出路的伟大壮举,但虽然推翻了一个皇帝,继起的却是无数军阀,统治之黑暗、时局之糜烂、人民之痛苦比晚清更甚,让后来的人评价起辛亥革命的成败来,不免犹豫了许多。

但现下之果,必有当初肇始之因。辛亥之后中国的乱象,在革命之初事实上已经多有预兆,可惜当事诸公,身处局中,又被潮流裹挟,既看不真切,也跳不出来,让后来读史的人空唤奈何。

话说辛亥年晋省举事,一夜之间即告成功,巡抚陆锺琦、协统谭振德被杀,其余省垣高级官僚也被控制,大局尽在革命党掌控之中,随之,当然是建立政权推选长官了。史实是,阎锡山被推选为山西军政府都督,从此开始了对山西近四十年的独裁统治。只不过,细究当时情事,亦有许多偶然在内。

当时有资格出任都督一职的有许多人，阎锡山并非是不二的人选。论官职，他只是山西两标统之一，其上还有曾任过他上司，起义时为巡抚衙门参议官的姚鸿法；论功劳，怕是不能和起义的总指挥、新军八十五标二营管带姚以价相比；论人脉，尚有翰林出身、当时山西谘议局议长梁善济；再论才华，当时督练公所督办兼陆军小学监督温寿泉曾在清政府会试中名列优等（阎锡山名列上等），然而最终却是阎锡山成了军政府的首脑。

原来，一开始推选都督，大家想仿效武昌起义推举黎元洪的成例，让姚鸿法担任都督，但姚鸿法因为父母家眷都在北京，出任"匪职"难免殃及家人，坚辞不就；姚以价虽然是起义总指挥，但一来只是个管带的身份，本身也并不是同盟会员，新军未必心服；另外一标的标统黄国梁，既不是同盟会员，也不是山西人，更难孚众望；温寿泉呢，不是带兵官，新军中没有自己人，都督当不牢靠。一来二去，就剩下了梁善济和阎锡山。

梁善济是山西立宪派头脑、士绅领袖。巡抚被杀后，谘议局成了官面上的首要权力部门。议员们准备投票选举都督，梁善济自然是不二人选。但阎锡山早有布置，他的心腹张树帜和周玳早将谘议局这些情况打探清楚，周玳飞报阎锡山。阎锡山立即带着温寿泉、姚以价等人到了会场。例行的一番演讲过后，梁善济说，现在投票，公选大都督。张树帜突然抢了身边一人的手枪就跳上台要打梁善济，阎锡山"赶忙"拦住，梁善济也吓得躲在别人身后。张树帜大声说："我们要选阎锡山做大都督，不要投票，就举手表决。"随即先举起手来，等议员们举手。有些议员还在迟疑，台下的周玳也拔出手枪拍在桌子上，喊道："同意的举手！"可怜议员们不是读书人就是商人，哪见过这个阵势，相继举起手来，张树帜检查全体举了手，说："一致通过！"——这还有通不过的吗？接下来，又叫选举温寿泉为副都督，议员们只好再一次举手。然后，张树帜宣布，大都督、副都督都选好了，散会！而这时，梁善济早就悄悄退出会场了。

另据当时起义士兵的回忆，开会前，带兵攻打巡抚衙门的队官张煌已经有了逼阎锡山"黄袍加身"的举动，说阎锡山要不接这个都督，"就日踏（弄死）了他个小舅子"。阎锡山一边作揖，一边说，贵贱不敢开枪，我接，我接。

但无论是阎锡山的人逼迫议员，还是起义的士兵逼迫阎锡山，都是枪在手中气就粗，没人把议员和他们手中的选票当一回事，在当时，这是情势使然，可用枪得来的统治，还得用枪来维持，枪多枪少，成了统治稳固与否的唯一依仗，不唯山西，整个国家都被枪所左右挟持，"武夫当国"成了必然，这民国还好得了吗？

他本将心向明月
——晋省辛亥琐事六

中国古代不是贵族政体,各个王朝的帝王都标榜自己"与贤士大夫共治天下",而"贤士大夫"们也在儒家忠君思想的教诲下,兢兢业业地为任何一个君王服务——无论他英明神武还是残暴昏庸,无论他是华夏苗裔还是蛮族鞑虏——即或一小部分人会为灭亡的王朝守节,大多数的人还是很快接受现实,开始效忠新的君王,从内心里说,他们比帝王们更愿意王朝万古永存。

遗憾的是,从来没有一个帝王会发自内心地喜欢"贤士大夫",相比较而言,他们更愿意亲近弄臣和太监。所以,就像戏曲中长久排演的那样,帝王总被奸臣所蒙蔽,而忠臣被疏远和迫害。必须要注意和戏曲中不一样的是,历史上,帝王幡然悔悟,认识到了忠臣苦心,然后正人盈朝的场面其实从未出现,倒是"我本将心向明月,奈何明月照沟渠"的叹息不绝于闻。

清朝的士大夫们还要更可怜一些,与正统观念里的蛮夷合作已经够委屈了,到末年还又碰上"两千年未有之大变局",过去那一套安世济民致君尧舜的老做法已经完全不管用了,从泰西之国传来的新做法却总那么离经叛道，咬着牙憋着气学呀学变呀变，从"师夷长技以制夷"到"中学为体西学为用"再到接受"西人器物制度"，这个弯子不容易绕的，好不容易绕过来了，人家朝廷又不搭理这个茬了……清末立宪党人活该倒霉，他们碰上的就是这么一个局面。

庚子年老佛爷被打怕了，百日维新里大逆不道地主张换个包装又被抬上桌面，最核心最紧要的只有一条，君主立宪。何谓也？士大夫们看到了日本采用了此制度后，居然能战胜白种人的俄罗斯，亡国灭种之忧自然一日扫尽，虽然老佛爷看到的是"皇位永固"，但大家总算想到了一起。宣统元年（1908），各省谘议局成立，二年，资政院成立。立宪党人于是大起，大家已经憧憬美好明天了。

我们晋省的立宪党如今虽不如外省出名，当时也颇出了些风头。据学者张朋园先生说，曾有外国报纸参观山西谘议局开会，"认为颇具议会尊严，显出了应有的重要性"，议长梁善济先生被"西方观察家惊为中国少有的杰出人士"。在此后，山西的立宪党更是在整个清末轰轰烈烈声势浩大的立宪运动中无役不与，甚有作为，然后，就和全国的立宪党人一起，失败了。

盖因朝廷只把立宪看作是"皇位永固"的手段，又因怕汉人掌权而处处掣肘，最后搞出"皇族内阁"的把戏来。而立宪党人呢，虽然他们不赞成革命——一来，身家颇丰的他们担心动乱，二来，世受皇恩，造反做"贰臣"总是老不下面皮。但他们即使忠君，对强国富民也很热切啊。可被朝廷这么一骗，心就拔凉拔凉充满了沮丧感和挫败感，有那火气大的，甚至转头就成了革命党了。清政府于是继新军之后，失去了最后一股也本应该是最稳固的忠于他们的力量。辛亥年革命党举事，立宪党人摇身一变，成了新政府的中坚。

拿晋省来说，太原一光复，阎锡山和梁善济就走到了一起，大小事务，"必先商之梁君善济"，还有，发军饷，靠立宪派的渠本翘三十万两白银，行政推及全省，靠原来谘议局副议长杜上化，军民关系协调，又有资政院的议员李素奔走调和……这也是没有办法的事情，到这时候，那个"好心当作驴肝肺"的清朝覆亡已成事实，他们的目的仅仅剩下"地方一日不糜烂，即全晋前途之幸福"（以上所述，也是据张朋园先生考证钩沉）。

清朝之后，再无皇帝，民主共和成为潮流所归万民心向，"立宪党"包括他们"君主立宪"的梦终究被历史淹没遗忘，这一番教训不知何人该镜鉴。历史不能假设，可要是当时有人在当权的清朝权贵前提点一下，这些人虽然底子上仍然是儒家信徒，但儒家大宗师孟子还有"君视臣如土芥，臣视君如寇仇"的话，历史会不会有另一番模样？

主角儿的身份，打酱油的命
——晋省辛亥琐事七

戏剧有主角配角，相声分逗哏捧哏，与之同理，任何一个历史事件中，也总有主要人物和次要人物的分别。主要人物对历史的作用和影响要大些，次要人物则要小一些。可有些时候，明明应该是主要人物，却甘于处在次要位置，这就让"民无能名焉"了。比如说辛亥革命，革命党既然以"驱除鞑虏，恢复中华"相号召，那么，"鞑虏"自然应该拼死抵抗，坚决不退出历史舞台。这才是人之常情事之常理。但考诸史事，"鞑虏"作为辛亥革命当事的另一方，毫无主要人物的自觉，在整个辛亥革命中，几乎完全可以忽略。假如革命党也玩网游，就会发现通关到最后，老怪还不如之前打的小怪给力。这样一种非现实感如何产生的呢？

钱穆先生曾经说过，清朝是部族政权。我以为大意是指，清朝的统治基础其实是满族人，满族，中国数十民族之一，却能凌驾于整个国家之上，成为一个世袭、固化的利益集团。开国前后，满人骁勇，八旗劲旅横扫八荒六合，是爱新觉罗家族夺取天下的最大依仗。可惜承平日久，武备松弛，满人荒废了弓马骑射的本领，大概到乾嘉后，八旗子弟几乎就可以与纨绔废物等量齐观了。但这些人，依然被赋予特权，能够不事生产经营，男丁落地，每月就有四两二钱白银充作口粮（有祖宗积德传下爵位的，还要更多），号称"铁杆庄稼"，成为整个国家最大的寄生虫和朝廷甩之而不去的包袱。

虽然如此，因是部族政权的缘故，清廷还得给这些人官儿做，从中央到地方，要津肥差无不被满人所占。清末，排满革命兴起，到这时候，不用说"食君之禄，忠君之事"，即使为自己着想，当此生死存亡之际，也应该奋发图强一下了吧？啊，不！满人官吏用铁一般的事实给皇帝做了回答。他们虽然是主角的身份，但自认却是打酱油的命，可以说，基本上，辛亥革命没他们什么事。

那年九月初八，我晋省举义。革命军一队去攻打巡抚衙门，一队去攻占满城。当是时，城内尚有兵丁三百余人，攻打满城的人数仅仅与之相当。两方面就开始放枪，噼噼啪啪，很是热闹——后来革命党人说是"死力抵抗"。没过多长时间，革命党拉来了大炮，"满人怕炮"果然不是浪得虚名，守城的马上露出废物的原形，未及数炮，城守尉增禧即刻竖了白旗。而在此前，汉族官吏陆钟琦父子和谭振德刚刚为了他们满族的朝廷"殉难"……

客观地说，当此革命大势，旗兵的抵抗确乎无济于事，肯明火执仗真刀真枪地和革命党干一下，已属难能可贵，但各地满族官吏的表现就只能让人大摇其头徒唤奈何了。太原一光复，数日间，整个晋省便易帜变色，当得起"传檄而定"四字，那些满族知府知县什么的，几乎是闻风而逃，虽然煌煌《大清律》所载，"凡牧民之官……失陷城池者斩"，可是也没见把那些人怎么样，赏罚如此混乱，大清朝焉得不亡？

具体讲，比如平阳知府耆昌，那是宗室黄带子，革命党造反，于国于家，他都责无旁贷，可太原光复的消息一传来，便将家眷送往北京，长官如此，下面的人自然心领神会，整个府衙逃走一空。等到革命党派人来见他，他说，冲着黄带子的身份，他是不能投降的，但他逃离的心可急切，革命党如果要"接事"，他可以立即"交代"——放弃统治。说到做到，十月二十日，临汾光复，十月初，耆大人就安然抵京了。

先别笑，耆大人还不是最不堪的，至少见了革命党的面。潞安知府英华才好玩呢。太原光复的消息一传开，英大人忽然就死了，即日开吊，不知道的人还以为英大人死节了呢，但据传说，第二年，有人在北京见过英大人，原来使的是金蝉脱壳之诈死计也。众所周知，满人的谋略都来自《三国演义》，可人家"死诸葛吓走活仲达"，我们英大人却是生生被革命党吓得装死的。而革命党派去上党潞安地区宣抚的，只有一个孙宗武，革命党未放一枪，未伤一人，在潞安就宣告革命成功啦。

讲历史的作用无非是镜鉴。这些故事告诉我们，一，用养猪的方法，你连狗也养不出来。早先，"女真不满万，满万不可敌"，到最后八旗子弟上不得马，拉不开弓，听炮声都怕，也不过二百多年，还不是朝廷把这些人当猪养？二、你爱的人伤你最深。给满人特权,全心全意当爷爷供着,无非是寄望国家有事,这些人能成为朝廷柱石,结果怎么样呢,跑得个顶个儿的快,哼哼,特权集团一形成,他们的利益往往就与整个国家背道而驰了。虽然说,皮之不存毛将焉附,可在人家特权者看来,过得一天是一天,国家?管他妹的。

革命的会党和会党的革命
——晋省辛亥琐事八

2011年5月,台湾四海帮前帮主蔡冠伦出殡,于是,黑帮分子云集台北,香港、日本的帮会也来吊唁。奇怪的是,国民党的党主席马英九、秘书长吴敦义都送了挽联。一方是帮会头子,一方是政党首领,在现代社会看来万万没有关系更万万不能有关系,但马英九、吴敦义似乎也不避嫌疑。这是为何?当然,有心人都知道,国民党与会党帮派的渊源颇深,早在一百年前,他们就和这些江湖人一个锅里搅马勺了。其他不论,孙中山就曾在洪门担任过高级职位,而蒋介石还给上海滩青洪帮头子黄金荣递过门生帖子。如今马英九等的作为,不过是家风余绪而已。

当年孙中山先生领导革命,要钱没钱,要人没人,跟随他的,大部分是只有一腔热血的青年知识分子,可就算这些人浑身都是铁,又能打几根钉?孙中山就把主意打到了会党的头上。原因有二,第一,革命需要人手,会党在一盘散沙的中国社会,还勉强是一股现成的有组织性的人马;第二,这些人都处在社会底层,革命的欲望比较强烈,更重要的是,敢聚众就敢作乱,敢开香堂就敢造反。孙中山只是推波助澜,并用他们"反清复明"的思想来为自己的"排满革命"服务(史学家越来越相信,其实"反清复明"的思想也是孙中山移植进去的)。虽然我们现在不怎么说,其实会党在辛亥革命起到的作用那真是"居功至伟",所以直到现在,国民党还得念几分香火之情。

在我们晋省,会党虽未如南方那样兴盛,但一直也有发展。同盟会创立时,有庶务、书记等八个部,其中,经理部负责人是神池人谷思慎。谷思慎算是奇人,出身书香门第、仕宦家庭,但就是这样一个公子少爷式的人,二十岁时,眼见清廷腐败,于是轻财仗义,广交豪杰,开香堂,请五祖,升杏黄旗,创立了"三元堂",聚众上万,成为北方哥老会的重要头领。1905年留学去日本,服膺孙中山的学说,跟着他开始干。据说,孙中山将兴中会等革命政党和哥老会、天地会等会党合并成立同盟会,也有他的建议在其中。谷思慎还以北路哥老会龙头大哥的身份,推举孙中山为同盟会主盟人。后来,留日学生增多,谷思慎在其中发展了多位会员,比如阎锡山、赵戴文、温寿泉等,以后全成了山西辛亥革命的重要人物。

阎锡山、赵戴文、温寿泉等人回到山西发动革命,但他们都身居要职显位,行动多有不便,也不好在基层官兵间串联活动,而会党本来就在底层活动,三教九流都有自己人,搞这种事情最适合不过。当时八十五标二营右队二排五棚的陈其麟被发展进会,是一棚的班长刘玉堂给了他一张纸片,纸片上写"天地山",下写"人和堂",左边是"九江水万年香一心一德",右边是"安天下保善良同体同胞"，并告诉他，这是孙中山闹革命的暗号，答上"山堂水香"暗号的才是自己人——看这满口的江湖切口，不知道的谁能想到是革命党呢？

即使是表面上没有加入革命党或者会党的人，他们要想组织起来，也会采用这种方式——好像也没有别的方式供他们参考。那时节的军队中，盛行拜把子，也就是韦小宝所说的斩鸡头、烧黄纸，哥几个一个头磕在地上。陈其麟就与二十四个人同时结拜，另外一个革命党人杨彭龄更是与八十多人结拜，得到山西同盟会高层很高的评价。

会党的方式有这样高的效率，这样成功的凝聚力，难怪革命党人乐于采用。不过，他们没发现这其中巨大的隐患。革命的政党，要有严密的组织和严格的纪律，但会党中人，各个山堂互不统属，人人都以兄弟相称，草莽中人又都是桀骜不驯之辈，像军队那样令行禁止根本无法做到，在清朝没有被推翻之前，大家好赖还有共同的敌人能够劲往一处使，小皇帝一倒台，便以为革命成功，个个便有了"坐江山"的打算，开始争权夺利，终于把自己和国事都搞到一团糟。你看继承了这些弊病的国民党，好几十年，什么时候做到过真正的团结？而在当时，你且看去，凡是会党势力大的省份，辛亥年就要乱一些。四川是哥老会大本营，整个民国期间都没有得到安宁。晋省即使好一些，可谁能知道，抢劫商民的身影中，有多少就是那些曾经发誓要反清革命的好汉？

这只能说明，乌合之众就是乌合之众，就算是组织起来，也好不到哪里去。

刺杀大帅吴禄贞
——晋省辛亥琐事九

清朝末年,革命党搞革命的手段一是起义,二是暗杀。相比较起义,暗杀成本小、影响大,无论成与不成,都能起到鼓舞民气、震慑当道的作用,所以革命党更喜欢用,比较著名的如徐锡麟刺安徽巡抚恩铭,汪精卫刺摄政王载沣。阎锡山正当年轻胆壮之时,留学回国,还带回两个炸弹——革命党最喜欢用的暗杀工具——准备刺杀山西巡抚,只是因为马上就掌握了军权,没必要搞这一套才作罢。

当然,清廷比较委屈,他们只能被动等别人上门暗杀,曾经绑架过孙中山,事情没成不说,还弄得沸沸扬扬,在英国大丢其脸,像电影《十月围城》中演的那样,派个将军领一大批人去刺杀孙中山,完全属于杜撰。不过,罕见的一次刺杀,就起了大作用。

话说晋省举事,一夜之间江山变色,朝廷大感恐慌。你想,武昌虽然是首义之地,但离北京尚远,清朝权贵还能苟延残喘几天,但山西一起义,他们立刻感到朝不保夕。因为山西离北京太近，即使当时路况不好，也能做到朝发夕至。而且，位置又太重要，山西一旦起事，南北交通立刻断绝，大半个中国即刻失去控制。所以，清廷立刻授北洋第六镇统制吴禄贞为山西巡抚前去平叛。

后人读史至此，不禁长叹，清朝气数已尽，再无人可用。派谁不好，你派吴禄贞？这吴禄贞，字绶卿，日本士官学校毕业，与同学、当时二十镇统制张绍曾、协统蓝天蔚号为"士官三杰"（三杰都是革命党哈），虽然与清廷上层都交好，与良弼尤为莫逆，可他，就是一革命党啊。找革命党剿革命党，大水怎么会冲龙王庙？

于是，吴禄贞转头就与阎锡山联系上了。围剿的话当然没人再提，反而要组成燕晋联军，一是截断京汉铁路，阻止正在河南督战的袁世凯北上，不让他接管北洋六镇，二来乘机进京，直接推翻清廷。

九月十六晚上，吴禄贞与阎锡山协议完成，满心欢喜回到住所，在办公室与参谋张世膺、副官周维桢商议机密，他的卫队长马蕙田带着几个人进来，下跪说道："来向大帅贺喜。"话音未落，即抽出手枪向吴禄贞射去。吴禄贞虽也开枪还击，但事发仓促，终于殒命，脑袋也被马蕙田带回北京领赏。张世膺、周维桢同时遇难。

是谁指示的这一命案，当时有人说是良弼，也有人说是袁世凯。但事后看，在这一刺杀事件中获利最大的无疑是袁世凯，袁世凯脱不了嫌疑，良弼或许是袁世凯集团放出的烟幕弹。而后来四川革命党人彭加珍炸死良弼，据说也有为吴禄贞报仇的因素。但良弼一死，清朝权贵集团再无知兵的人，更加速了袁世凯的夺权步骤。在吴禄贞一条命上，袁世凯两次得利，果然不愧是奸雄。

吴禄贞一死，他的部队也溃散四逃，燕晋联军种种计划自然胎死腹中。吴禄贞本就是袁世凯最为忌惮的人，同时也对袁世凯认识最深，认为不除袁世凯，清廷亡与不亡，革命党与袁世凯还有十年仗要打。如是，历史在九月十六日晚上，走到了关键的节点。假如那个计划成功，袁世凯窃国乃至北洋军阀混战的局面都不会出现，中国真正的共和也许会早来几十年。所以，一直到了民国，同盟会的元老还在惋惜吴禄贞的早亡。

但历史是必然的，不过是通过偶然来体现。吴禄贞的死是偶然，但他的第六镇全是袁世凯旧人，能否如臂使指地和革命党联合还是大有问题的事。本该是他心腹的卫队长充当了暗杀的凶手，更可看出吴禄贞对部队的掌控力之软弱，燕晋联军的计划很可能是画饼泡影。

而同盟会元老对吴禄贞的惋惜，还是基于对暗杀的迷信，可暗杀什么时候真正左右过大势？历史长河转个圈打个弯，还是回到了原来的河道里。

辫子粗又长
——晋省辛亥琐事十

话说当年清兵入关,为使汉人驯服,悍然颁布"剃发令",所谓"留发不留头,留头不留发",让大家都得打起辫子来——那时的辫子,是有规制的,"剃发,只留一顶如钱大,作辫,谓之金钱鼠尾"(《榕城纪闻》)。电视电影里只剃一半的阴阳头,那是清后期才出现的时髦发型,要清初那么干,也是找死——髡发文身,在汉文化里,那就是野蛮的象征,汉人自然不肯,于是满人真的杀了很多人,才把剃发令推行下去,近三百年下来,耶,居然习惯了,虽然洋人说那是猪尾巴(嗯,这是清中期的典型发型),但我们自己以为是很美的。而且,要是把辫子剪了,那必是孙文乱党一流。(史书记载,满清末年,清政府对留不留辫子已经很无所谓了,也管不了,只是"留发不留头"的恐怖记忆还广泛存在于乡间。)

谁能想到,那孙文居然成功了,宣统小皇帝居然退位了。那你要是留着辫子,就是清朝余孽了。革命党见天儿地上街剪辫子,据说好多农民都吓得不敢入城了。

其实不仅是农民无知，有些读书人也反对，你们革命就革命吧，干着辫子何事呢？太原有位乡绅刘大鹏，是举人，这在当时算是高级知识分子了，他在日记中就曾写过辫子被强行剪掉之后的愤恨：

> 上年五月被贼剪发半截，恨贼为乱难当，莫能寝其皮而食其肉，为此生之大憾。

写日记的时候，是1913年，民国二年四月初三，距被剪发已经过去近一年，感情还是如此强烈，可见刺激之深。在前一年，乡人共推他为县里议长，他也因被剪发而坚辞不就，真有些"义不食周黍"的味道。

话说回来，以我现在看来，他珍惜的不是辫子，而是那根辫子象征的东西——传统的忠义观念和纲常伦理。那一辈的读书人，自然有许多顺应时变开眼看世界，去向西洋东洋求经的人，可还有更多像刘大鹏这样的人，思想还被框在三纲五常里。一说革命，那就是造反作乱，一说共和，那就是无君无父，一说西学，那就是数典忘祖。辛亥革命后，他还在日记里写：

> 辛亥大变以来，伦常全行破坏，风气亦更奢靡，礼义廉耻望谁讲究？孝悌忠信，何人实行？世变日亟，岌岌乎其危哉？

但大势如此，刘大鹏也只能是腹诽而已：

> 当此叛逆之时，其不叛逆者亦皆以叛逆为是，纷纷附和，竟成民主立宪之中华。予虽不能诛此叛逆之辈，而心恶若辈为不共戴天之仇，弗禁口诛笔伐于暗处，若对他人亦唯危行言逊而已。

如此，辫子，只剩下了辫子，成了刘大鹏对那个逝去时代的唯一念想，那一根辫子，也是刘大鹏借以维系他心目中纲常的主要工具。而革命党呢，除了推翻一个皇帝，别的啥也改变不了，甚至总统还要求着清朝的大官袁世凯来做，只好再剪一根辫子了事。孙中山就签署过剪辫令，"凡未去辫者，于令到之日限二十日，一律剪除净尽，有不尊者以违法论"。

依常理推论，胳膊扭不过大腿，刘大鹏的辫子终究应该不留了，但刘大鹏的思想一直没怎么变过：人心一定是不古的，世风一定是日下的，造反一定就是作乱，革命一定就是叛逆……比如，红军东征的时候，在他眼里，那就是"共匪扰晋"——才二十多年，孙文那伙乱党就不是乱党啦。

还是一直留辫子的辜鸿铭说得好，"我头上的辫子是有形的，诸君心目中的辫子却是无形的。"

靠山靠山，靠上冰山
——晋省辛亥琐事十一

今天，晋商依靠"开中法"发家崛起，已是定论。开中法简单来说，就是商人给边防部队运送粮食等军需物资，换取朝廷授予的食盐专卖权。许是在这种生意中尝到了甜头，结托政府经商几乎成了所有晋商家族的特征。明亡清兴，家风不改，满人还没入关，晋商就与他们眉来眼去，输送物资不说，时不时还当个眼线递个情报。定鼎之初，清政府干脆给了许多晋商家族皇商的身份，逐鹿天下，平定边患，晋商无役不与，可以说是清朝军队的"总后勤部"，不说是居功至伟，至少也是甚有勋劳——当然，清廷也给了晋商不少商业特权，晋商由是可以执商界牛耳二百多年。

这也许确是稳妥的经商之道，晋商认为，以朝廷做靠山，这生意是稳赚不赔的，而朝廷也乐于找这么一个驯服可靠的钱袋子。逮至清季，当晋商与政府的结合度到了顶点，晋商的辉煌也到了顶峰。他们主要的生意就是两个"官"字：给官府汇兑公款、军饷，比如光绪三十二年（1906），户部的存银，三分之一在晋商票号手里；吸收官员存款以及给他们垫款，比如晋商票号大德通的分号经理高钰和许多权贵都有交情，尤其是督抚级高官赵尔巽，赵尔巽无论是到东三省，还是到京师、四川，大德通在该地的经理总会适时换上高钰，大德通简直成了赵尔巽的私家金库，而有这样的高官罩着，大德通自己的生意也是无往不利。

所以说，晋商那是万万不希望清政府倒台的——当然，从骨子里说，除了军火商以外，没有任何商人希望时局动乱，而有这层关系的晋商，态度最为坚决，立场尤其坚定。同盟会元老景梅九曾说过一件事，他留学日本之初，觉得在日本搞革命活动学习革命理论要自由一些，但山西的留学生加上他也只有三个，要革命，这么点人自然不够用。当时日本横滨的领事，是晋商大族渠家的渠本翘，他就去求渠本翘资助留学。渠本翘当然知道留学是幌子，革清朝皇帝的命才是目的，不咸不淡地回应说："三人成众，人也就不少了。"断然拒绝了。

——插个小花絮，这件事情自然让景梅九耿耿于怀。山西光复成立了军政府，军饷不足，主意自然打到了晋商富户的头上。去渠家借钱的，又是这个景梅九——阴暗地推测一下，他这是故意算后账来了。渠家的当家人，正是渠本翘的父亲渠源浈，景梅九一下就要借几十万两白银。渠源浈人称"旺财主"，为人吝啬，自然不肯，一番威逼利诱，讨价还价，据说渠源浈连棺材都抬出来了，但胳膊扭不过大腿，最终还是以三十万两成交（好在这银子最后还了，只是让旺财主肉疼了几年而已）——再阴暗地猜测一下，你们说景梅九心里面会不会说"敬酒不吃吃罚酒"呢？

话说回来，晋商不希望清政府倒台，清政府对晋商倒没有这样好。郎情妾意蜜意浓的时代过去了,清廷早忘了晋商的功劳,只把他看作自己的钱袋子了。打仗、修路、建渠,哪怕是皇帝巡幸,一道"捐输"的命令下来,晋商只有乖乖掏钱,早在清朝灭亡三十多年前,徐继畲就说,山西省前后捐输,已"数逾千万"。在徐继畲死后,清政府变故不断,哪能少得了晋商的钱。比如说庚子年,慈禧太后和光绪帝往西安跑,还跟晋商"借"三十万两白银支应开销——不像军政府,这银子后来没还,给了晋商公款汇兑权以作补偿。

清政府既要晋商这匹马儿跑,却不肯给这匹马儿吃草。且不说时局动荡,变乱频仍,晋商的票号动不动就被抢,清政府成立了多家官办银行,开始在晋商的碗里抢食了。比如户部银行,1906年就将汇兑公款的业务抢在手里,通商和交通银行也占了些份额,晋商的日子越来越难过,到了1911年,晋商票号汇兑公款额比1906年下降了四分之三,直接影响了晋商的生存。

等到辛亥革命一发生,呼啦啦大厦将倾,依附于清廷的晋商也走向没落(这里面当然有晋商自己故步自封的原因),也明白过来,当初的靠山只不过是即将融化的冰山。不过,在这危急的时刻,清政府倒又想起晋商的好来,武昌起义后,山西局面动荡,清政府想借渠本翘的实力和威望,封他做山西宣慰使。渠本翘立刻拒绝了,明白地告诉清政府说:

不陪你们玩儿啦。

看我左右逢源
——晋省辛亥琐事十二

辛亥革命晋省举义,轰轰烈烈闹了好几个月,闹出个什么结果?孙中山先生1912年9月来并,在向社会各界的演说中,已经做出评价,即使今天来看,也算得上不刊之论,史家再深入研究,还得以这句话为蓝本:"广东为革命之原初省份,然屡次失败,满清政府防卫甚严,不能稍有施展,其他(省份)可想而知。使非山西起义,断绝南北交通,天下事未可知也"。

就为这简单的几十个字,山西的革命元勋不知道付出多少辛劳乃至人命,不单是起义中的明火执仗跟朝廷干,即便起义后,也不能稍得安宁。山西属革命省份的地位之获得,远远比想象得难。

话说辛亥年山西一举事,革命党的策略是一方面拒守娘子关,以防清军来攻;另一方面四处奔走,以求声援。清政府先期派出北洋军第六镇从河北来剿,不过镇统制吴禄贞也是革命党,就和阎锡山组了燕晋联军,准备直捣黄龙,推翻清政府,谁想吴禄贞做事不密,被部下刺杀,这个计划成了泡影,联军溃散。清政府又派出了第三镇卢永祥旅,娘子关立刻就失守了。革命党只好退出太原,阎锡山带着晋北人北上,温寿泉带着晋南人南下,山西除了忻州和运城一带,几乎又被清政府所重新控制。

温寿泉在运城组织了河东军政分府,败退的阎锡山也不好说自己是逃跑,于是通电全国,号称北伐,进攻包头、绥远等地——放着老巢不收复,反而"北伐",只能算是勉强维持一个革命的名义罢了。

在这期间,形势已经变了,全国上下南北议和的声浪甚大,1912年1月1日,民国政府成立,孙中山就任了大总统,掌握清廷实权的袁世凯看到大厦将倾,也开始为自己谋划起来。皇帝下台已成定局,革命党和袁世凯所争的只是在新政权中的地位和利益了,在这个过程中,阎锡山长袖善舞的本领大有用武之地。

阎锡山先期已经派主要谋士南桂馨去为山西求援,见了孙中山,而孙中山的意思也是革命起义省份的都督,仍由原起义的革命党人担任,但袁世凯当然不想把处在咽喉要地的山西交给革命党,以起义后山西的动荡为借口,诬山西是土匪溃兵作乱,拒绝承认山西为起义省份,逼得孙中山说了狠话:"宁可和议决裂,不能不承认山、陕的革命同志。"只是,孙中山的力量还比不上袁世凯,阎锡山能不能顺利返晋继任,还得看袁世凯的态度。

于是,阎锡山又找到了闲居道员、定襄人董崇仁,他是袁世凯的门生,去和袁世凯说项,表达归顺之意。空口说白话当然不行,阎锡山的投名状是支持民国政府定都北京,这是公开与孙中山唱反调啊——为约束袁世凯,孙中山要求袁去革命党控制的南京继任总统——两边正为这争得不可开交,作为革命党的阎锡山却给袁世凯送上了厚礼。非但如此,据说阎锡山还将自己父亲送到北京,名为开眼界,实际上,是送个人质给袁世凯,以求得袁的放心。

袁世凯见阎锡山如此温顺,而革命党的立场也很坚定,索性卖了个顺水人情给阎锡山,同意阎锡山返并。1912年4月,阎锡山回到太原,任了都督,并逐渐掌握了山西军政大权,一下子就是三十八年。

阎锡山得了实惠,却落下口舌,也许在这件事上,让孙中山和革命党人认识到阎锡山功利、现实和圆滑的面目。孙中山来并,场面上要恭维"去岁武昌起义,不半载竟告成功,此实山西之力,阎君百川之功,不唯山西人当感戴阎君,即十八行省亦当致谢",私下却和谷思慎抱怨,"吾行南北,见起义将领,无如阎之庸暗鄙塞者,连日观察之,非特庸鄙也,其人实诡祟,居心亦不可问,曷足以言革命",但当时不过二十九岁的阎锡山,可能还要为自己的纵横捭阖左右逢源得意,哪怕被人说是墙头草和骑墙派呢,反正人们以后都会知道,善于在几个鸡蛋上跳舞,一直是阎锡山独特的风格、看家的本事。

故事结束，然后呢？
——晋省辛亥琐事十三

小时候听童话故事，听到"公主和王子从此幸福地生活了很久很久"，就知道故事完了，至于"公主和王子"以后会怎么样，少有人会追问。现在讲辛亥革命的故事，从全国来说，讲到民国成立、孙中山就任了大总统，然后宣统小皇帝下台，就该结束了；从晋省来说，讲到阎锡山和袁世凯妥协回到山西，继任了都督，也就再没什么好讲。

不过，有开始，有结束，那是故事，而历史，却有开始，没有结束，会一直延续下去，即使那些故事中的人物，也并不会停留在故事结束之时，他们在命运之手的驱使下，还会继续走向他们所无法得知的未来，开始新的故事。

晋省辛亥起义中的诸大佬元勋，在辛亥大变之时，风云汇聚，做下好大一番事业，辛亥之后，霎时风流飘散，东走西顾，各有各的际遇。如我们现在所知，阎锡山掌了山西军政大权，近四十年不倒，甚至曾占据了大半个北中国，是民国最著名的不倒翁，可是，深夜梦回，想起留学日本时的宏愿抱负已经与自己愈行愈远，甚至走到了年轻时决然背弃的那条路上，阎锡山不知会有何种感想？

再看看阎锡山的同志们，如王用宾、谷思慎、景梅九等，一生都在为国事奔走，无论所为效果如何，大抵不负当年的誓言，而如赵戴文、南桂鑫、张树帜等，充当了阎锡山的心腹股肱、民国新贵，他们为私耶为公耶？为国耶为阎耶？实在是不好判断，更有那些大志未酬半途夭亡的，如李嵩山（攻打雁北时被清军捕获磔杀）、仇亮（二次革命时被袁世凯所杀）等，后人读史，也只能是长叹一声。

还有许多人，今人对他们的遭遇，更是无话可说，只能含糊地归纳为天命运数：

温寿泉，山西军政府的副都督，山西辛亥诸人中最有大才的人，局势稳定后，却无端被山西新政权中南北地域相争所连累，虽然在阎锡山集团始终处于高位，但抱负从未得到施展……

姚以价，山西辛亥革命起义的总司令，军政府成立后，又率部扼守娘子关，战事失利败退，谣传说他不战而走，当了逃兵，由此离开山西，后来依附过李济深、蔡锷、韩复榘等人，虽然死后还被国民政府追授了上将，但也仅此而已。

续桐溪，忻代宁公团的领导者，若非他与温寿泉一北一南坚持反清，山西的革命形势势必大坏，但因与阎锡山政见相左，他几乎成了山西反阎势力的首领，同时也因为反阎不成郁郁而死。

王建屏，续桐溪的老部下，政治上亦不得意，又看到国内军阀混战不休，革命之初愿望渐成泡影，由此心灰意冷，竟然出家为僧，法号力宏——苏曼殊和弘一法师也是如此啊。

当然，我们也要为被革命党逐走的那位山西巡抚丁宝铨叹息一声，虽然他灰头土脸从山西离开，但好歹留下性命，否则也许会落得和陆锺琦父子一样横死的下场，但人算究竟不如天算，几年后，他还是被人在上海寓所刺杀，仇家是谁，为了什么，没人知道，也没有人想知道，因为这样的遗老，几乎算是被历史所抛弃。

以上这些都是一时有头有脸的人物，尚且在我们今天的记忆中，没能留下更深的印迹，遑论小人物呢？我查阅资料，每每能看到他们的名字，如郭登瀛、张博士、史春元之类，但当时作为普通士兵的他们，之所以还能留下名字，只是因为史家要听他们讲述往事而已，至于他们自身的经历事迹，大概谁都缺乏兴趣，要是机缘巧合，在以后的史料中，能再看到他们的名字，任谁都要感到惊奇。比如说那位郭登瀛，是攻打巡抚衙门的冲锋队成员，后来做了什么，就不清楚了。但再后来，红军东征，俘获了晋军的一个团长，毛主席亲自接见了他，并让他给阎锡山转交宣传联共抗日的一封亲笔信。这个团长，竟然也叫郭登瀛——如果这是同一人，那么一个小人物，就这样两次站在时代的大关节处，见证了历史长河的转向，他比任何人都有资格朗诵明人杨慎的那首词：

滚滚长江东逝水，浪花淘尽英雄。是非成败转头空。青山依旧在，几度夕阳红。

格致文库书目

林　鹏	《梦里家山》	21.00元
韩　羽	《信马由缰》	29.00元
李国涛	《目倦集》	25.00元
邢小群	《经典悸动》	25.00元
李新宇	《故园往事·一集》	25.00元
黄永厚	《渐江和我们》	20.00元
刘广定	《读红一得》	20.00元
徐庆全	《他们无时代》	20.00元
李新宇	《故园往事·二集》	25.00元
卫洪平	《双椿集》	26.00元
崔　海	《多大点事》	32.00元
徐乐乐	《文字爱好者》	28.00元
北　鱼	《会心集》	32.00元
于　水	《杯酒文章》	38.00元
刘二刚	《午梦斋题画》	32.00元

怀 一	《画外》	38.00元
武 艺	《游于艺》	28.00元
韩 羽	《读信札记》(平装)	128.00元
韩 羽	《读信札记》(精装)	148.00元
朱英诞	《我的诗的故乡》(陈均编)	30.00元
高恒文	《苍茫的留恋》	22.00元
介子平	《民国文事》	25.00元
启 之	《有梦楼随笔》	20.00元
布 谷	《老莲小笺》	22.00元
丁 东	《人海观潮》	22.00元
韩三洲	《书丛探幽集》	20.00元
曹乃谦	《何母日记》	45.00元
吴冠南	《花间闲话》	55.00元
李 津	《爱与哀愁》	49.00元
赵亭人	《因了心意》	39.00元
靳卫红	《事事关己》	35.00元
李国涛	《编稿手记》	30.00元
阎守诚	《探访逝去的时空》	22.00元
聂 尔	《道路》	28.00元
汪 政	《悲悯与怜爱》	29.00元
李南央	《异国他乡的故事》	22.00元
杨 栋	《梨花楼书事》	25.00元

王祥夫	《蝴蝶飞何园》(精装)	39.00元
王祥夫	《白石老人的虫子》(精装)	39.00元
王祥夫	《吃的品味》(精装)	39.00元
邢小群	《燕山札记》	25.00元
赵承楷	《晨起以记》	22.00元
李延祜	《〈红楼梦〉拾趣》	25.00元
张小苏	《漂·移》	29.00元
王孟奇	《高粱居旧话》	38.00元
介子平	《民国情事》	29.00元
何亦聪	《灯下谈吃》	30.00元
朱万章	《画余味象》	38.00元
介子平	《白丁启示录》	45.00元
李　玉	《古已有之》	38.00元

欢迎荐稿欢迎赐稿　　邮箱 mjbywy@163.com